ラルーナ文庫

JN105127

異世界で獣の王とお試し婚

真宮藍璃

三交社

CONTENTS

Illustration

小山田あみ

異世界で獣の王とお試し婚

本作品はフィクションです。
実際の人物・団体・事件などにはいっさい関係ありません。

「……待たせたな、祐介《ゆうすけ》。……おや、眠ってしまったか？」

温かく包み込むような、穏やかな声。

牧野《まきの》祐介ははっと目を覚まし、体を起こして周りを見回した。

おとぎ話のアラビアンナイトの世界に入り込んだかのような、幾何学模様のタイル壁とアーチ状の窓が並ぶ美しい部屋。

明るい満月の光が差し込むベッドの上で、祐介は知らぬ間にうとうととまどろんでいたようだ。声がしたほうに顔を向けると、一頭の大きな黒豹《くろひょう》が、青く澄んだ瞳《ひとみ》でこちらを見ていた。

「あっ……、ごめん、ラフィーク！　俺、いつの間にか寝てたみたいだ」

「謝ることなどない。昼間、そなたは幼獣たちとたっぷり遊んでくれた。自分で思っているよりも、疲れているのかもしれぬぞ？」

黒豹――ラフィークが言って、ゆっくりとこちらへ近づいてくる。

猛獣の姿をしているのに、とても優雅でしなやかな動き。

少し青みがかった艶《つや》やかな毛並みも、とても美しい。

なんとなく見惚《みと》れていると、ベッドの傍《そば》までやってきたラフィークが、ゆらりと頭をもたげた。

「……！」

祐介の目の前で、黒豹の体がするりと立ち上がる。

黒い毛がみるみる消え、褐色の丸い肩や厚い胸板、引き締まった腹が出現する。手足は太く、長く伸びて、たくましく力強い四肢へと変わった。

獣の顔も形を変え、そこに人の青年の表情が浮かび上がって、獣毛は黒髪へと変化していく。

獣の姿から人間の姿への、鮮やかな変身。

もう何度も見ているのに、その様子は驚異としか言いようがない。自分の目で見ているのに、人間と獣の血を引く獣人が本当に存在するのだということが、なんだかまだ信じられない。

「……ふふ、どうした、そのように熱い目で見つめて？」

裸身の美しさにも見惚れてしまい、ぼんやりその姿を見つめていたら、ラフィークが笑みを見せて訊《き》いてきた。

そのままみしりとベッドに乗り上げてきたから、祐介は慌てて目をそらした。

「や、熱い目ってわけじゃ」

「そうか？　そんなふうに頬《ほお》を赤らめて見つめられると、俺も早合点をしてしまうぞ？

そなたが俺の番《つがい》になってくれる気になったのではないか、とな」

「……んっ……」

そっと顎《あご》に手を添えられ、頬にちゅっと口づけられて、思わずビクリと震える。

頬を赤らめているつもりはなかったけれど、正直に言うと胸はかなりドキドキしている。

ここで彼と何度か結び合い、その悦《よろこ》びを体が覚えてしまっているからかもしれない。

今まで暮らしていた世界とはまったく違う異世界で、獣人の男性とともに過ごし、夜は体を重ねる。

自分がこんな奇妙な状況に陥るなんて、ほんの少し前までは想像もしていなかった。

どういう顔をしていいのかわからず、頼りなくラフィークの顔を見つめると、その精悍《せいかん》な顔に優しい笑みを浮かべて、ラフィークが言った。

「おっと、すまぬ。少々惑わせてしまったな？」

「ラフィーク……」

「よいのだ、祐介。何も急《せ》かすつもりはない。時間をかけて答えを出してくれたらいいのだ」

ラフィークが言って、祐介の手を取り、そっと指に口づける。

「そなたはこの獣人世界、カルナーンの大切な客人だ。俺は王としてそなたを守り、できる限りのもてなしをする。そしてそなたがその気になってくれたなら、我が番として迎え、生涯の伴侶《はんりょ》となって愛し合う。今はそのための、試みのときなのだから」

——番、伴侶、愛。

ラフィークの言葉の一つ一つの意味はわかる。アクシデントで連れてこられてしまったこの異世界で、彼と「お試し婚してみる」ことに同意したのも自分だ。

彼と抱き合うのは、この世界で安全に過ごすための「まじない」みたいなものでもある。だからこの状況自体はちゃんと受け入れているつもりだが、お試し婚の先に待っているのが、男の自分が彼の番となり、世継ぎの子供を産むかどうか、という選択なのだから、今からそこに現実感を持つというのもなかなか難しい。

結果、こうしてラフィークと見つめ合っていると、なんだかいつも夢でも見てるみたいな気分になってしまって……。

「……口づけてもよいか、祐介?」

ささやくように問いかけるラフィークの青い瞳に、甘い光が落ちる。

その目に魅了されたように、祐介はうなずいていた。

◆
◆
◆

ラフィークと初めて出会ったのは、今からふた月ほど前のことだ。あの夜も、確か満月だったのを覚えている。

祐介はごく普通の二十四歳の男だ。

茶色がかったふわりとした髪と、くりっとした大きな目が少し幼い印象を抱かせるのか、夜に町を歩いていると補導されかけたりすることもあるが、れっきとした社会人だ。十八で家出同然に実家を出て上京してからは、ずっと自活して暮らしてきた。

しかしちょうどそのときは、勤めていた飲食店が倒産したせいで無職になったばかりだった。

とはいえ、これまで様々な職種を転々としてきたから、それほど悲壮感はない。

世の中は世知辛いものだけれど、ここではないどこか、なんて考えたりせず、できるだけ今を楽しんで前向きに生きていればなんとかなると、いつもそう思って楽観的に乗り越えてきたのだ。

自分が生まれ育ってきた現実世界のほかに、異世界が存在するかもしれないなんてことも、これっぽっちも考えたことがなかったのだが、自分がほかの人にはないある能力を備えていることには気づいていた。

そしてあの晩はひどく酒に酔っていたので、それを隠さなければという気持ちが働かなかった。

「……お～、今日も野良猫軍団がそろってんなぁ？」

「ゆうすけ、かえってきた」

「ゆうすけ、なでていいぞ」

「お、いいのか？　じゃあちょっとモフらせてもらっちゃおうかなぁ」

祐介が住んでいるアパートの近くの、細い路地。

一匹、二匹となじみの野良猫が近づいてきたから、屈《かが》んで一匹ずつ確かめるように撫《な》でる。野良猫といっても、このあたりの猫は半野良が多く、かなり人には慣れている。

「ゆうすけ、へんなニオイ」

「はは、そう？　飲みすぎて酒臭いのかな？」

動物の言葉がなんとなくわかり、ちょっとした意思疎通ができる。

そんな自分の能力に気づいたのは、ほんの幼い頃のことだった。

誰《だれ》にでもできることではないらしい、というのはすぐに気づいたし、人に話すとたいてい怪訝《けげん》な顔をされるので、ごく親しい友達にも話してはいない。

でも、動物と話すのは祐介にとってごく自然なことだった。むしろ失業したとか振られたとか、人間の友人に話して気を使わせてしまっては悪いなと思うようなことを、野良猫相手に一方的に話したりもしているくらいだ。

「ん？　ああ、悪ぃ、今日はなんも持ってないんだよ。バームクーヘンとか、猫には食えないだろ？　まあ俺もこれ、一人で食えるのかなって感じだけどさ」

引き出物の袋を持ち上げて、酒臭いため息をつく。

飲みすぎたのは、学生時代の友達の結婚式があったせいだ。

「……うん。やっぱ俺、なんだかんだ言ってけっこう好きだったみたいだ、あいつのこと。あいつ、パパになるんだってさ」

五匹ほどの野良猫に囲まれて、改めて口に出してみると、ほろ苦い気分になる。

祐介は少々難儀な隠れゲイだ。

性的指向を自覚したのは中学生の頃だったが、当時はもちろん大人になった今でも、どうしてかノンケの男ばかり好きになってしまうから、まともな恋愛経験もない。

ひたすら片思いばかりしていて、気持ちを伝えられぬまま相手に彼女ができたり、最近はそういう年頃なのか、突然結婚することになったと言われたりしてきたのだが、デキ婚というパターンは初めてだった。

「なーんか、デキ婚とかさ。効率よく繁殖しちゃってるなって感じで、動物より動物っぽいよな。俺だってできるなら孕《はら》んだりしてみたいけどさぁ」

「ゆうすけ、おとこ」

「こども、うまない」

「いや、もちろんわかってるけど！　産めるもんなら産んでみたいじゃん、好きな男の子供とか！」

　自分でもめちゃくちゃなことを言っている自覚はあるが、好きになる相手がノンケである以上、どうやっても女性には敵《かな》わない。

　おまえも早くいい子を見つけろとか、彼女がいるっていいもんだぞとか、何も知らずにあれこれアドバイスじみたことを言われて無駄に心が疲れているのだから、男も妊娠できたら、なんて荒唐《こうとう》無稽《むけい》なことを考えるくらい、許されるんじゃないかと思うのだ。

「でもまあ、もういいんだよ。どうせ俺の恋は実らないんだし。今は無職で金もないし、なんかちょっぴりみじめな気分だけどさ。でもきっとすぐに、もっといい男が……」

　持ち前の前向きさを発揮して言いかけたところで、ごくたまに見かける毛並みのいい黒猫が、塀の上からこちらを見下ろしているのに気づいた。

　ほかの猫と違い、鳴き声を聞かせてくれたことがないので、何かやりとりをしたことはないのだが、とても綺麗《きれい》な猫だ。

「おー、黒猫。久しぶりだな。元気だったか?」

話しかけてみたけれど、黒猫は答えない。

でも、なんとなくこちらの言葉は理解しているように思える。祐介は立ち上がり、塀のほうに少し近づいて言った。

「おまえ、いつも綺麗だけど、どこに住んでるの? もしかして、どこかの飼い猫?」

「……彼は俺のしもべであるぞ」

「っ?」

突然奇妙な口調で声をかけられて、驚いて振り返る。

いつの間にそこにいたのか、背の高い男性が音もなく立ってこちらを見ている。

豊かな黒髪に褐色の肌。月光を映す青い瞳。

エキゾチックな容貌《ようぼう》だが、外国人だろうか。目を丸くして見ていたら、黒猫がひょいと塀から下り、男性のほうに歩いていった。男性が伸ばした腕からスルッと肩の上に飛び乗ったので、どうやら本当に飼い主のようだとわかったが、しもべって――?

(わ……?)

男性がすっとこちらにやってきて、まじまじと顔を見つめてきたから、思わず仰《の》け反《ぞ》りそうになる。

青く美しい目でそんなに見つめられたら、顔に穴が開きそうだ。じりっと身を引きながら、祐介は訊いた。

「あ、あのっ……。俺の顔に、なんかついてるっ？」

祐介が文字どおり引いているのに気づいたのか、男性がはっとして、それから苦笑交じりに言う。

「……これは失礼した。ただ魅了されていただけだ。気にしないでくれ、祐介」

「み、みりょうって……、えっ？　あんた今、俺の名前を呼んだっ？」

「うむ、呼んだが」

「なんでっ？　どうして俺の名前を、知っててっ……？」

「猫たちがそう呼んでいたではないか。そなたのことを、ゆうすけ、と」

男性がこともなげに言って、優雅な笑みを見せる。

「そなた、動物たちと話ができるのだろう。ここの猫たちとは親しいのか？」

思いがけず能力を見抜かれ、一瞬答えに詰まってしまう。

猫が言っていることがわかるということは、もしかしてこの男性も動物と意思疎通ができるということだろうか。

でも、この男性は何か変だ。日本語が母国語ではないからなのか、話し方も妙に芝居がかっているし、どこかの民族衣装のような明るい色の装束も少しばかり派手で、何やら現実感がない。

いったい何者なのだろう。

「ああ、重ね重ね失礼した。申し遅れたが、我が名はラフィーク。ふむ、そうだな、動物を保護する仕事をしている、とでも言っておこうかな？」

「動物を、保護？」

「そうだ。小動物や幼獣には助けが必要だからな。親がいなければなおさらだ」

ラフィークと名乗った男性が言って、祐介を取り囲んでいる猫のうちの一匹、成猫ではあるが少し体が小さい三毛猫に目を向ける。

すると不意にラフィークの肩から黒猫がさっと降り、三毛猫に近づいてくんくんと匂《にお》いを嗅《か》ぐみたいな仕草をした。それから何か気づいたみたいにラフィークを振り返ると、彼も三毛猫に近づき、しゃがんでそっと手を差し伸べた。

「ああ、腹にかすり傷を負っているのだな。深くはなさそうだが、痛むか？」

ラフィークの問いかけに、三毛猫が小さく鳴き声を上げる。

「……いたい」

「そうか、かわいそうに。よければ俺のところに寄らぬか？　手当てをしてやれる」

「あの、もしかしてあんたも、動物の声が聞こえる人？」

「もちろんだ。ここの猫たちは特にな。普段からそなたがよく声をかけているからかもしれぬな」

ラフィークが答えて、三毛猫を優しく抱き上げる。

「この猫らは、そなたの友達なのだな？　ならばそなたも一緒に来ないか？」

「え、と、どこに？」

「ここから近いところに、俺の屋敷がある。保護動物もたくさんいるぞ？」

エキゾチックな顔に優美な笑みを浮かべて、ラフィークが訊いてくる。

こんな夜更けに初めて出会った人間を家に誘うなんて、ずいぶんと変わった人だ。それとも、もしかして初対面ではないのか。

近いところとはどのあたりだろう。一本むこうの幹線道路を渡ると大きな屋敷が並ぶ通りがあるから、その辺に住んでいるのだろうか。

そうであるにしても、今まで顔を見かけたことはなかったと思うのだが。

(でもなんか、ちょっと気になるな)

容貌と話し方の奇妙さを見る限り、彼は日本人ではなさそうだ。

けれど表情や物腰は華やかで、不思議と親しみを感じる男性だ。

普段なら、よくわからない相手に誘われてついていったりはしない。

だがどうしてか、この人ともう少し話したいという気持ちが湧《わ》いてきて、ここで別れる気になれない。

まだ酔いも醒《さ》めていないし、アパートに帰ってもどうせ寝るだけだ。幸か不幸か失業中で、明日早く起きなければならない用事もないのだから、ついていってみようか。保護動物もちょっと見てみたいし……。

祐介がそう思っているのを見透かしたみたいに、ラフィークがうなずく。

「俺についてきてくれ、祐介。すぐ近くだ」

そう言ってラフィークが、すっと歩き出す。黒猫がこちらを見ながらあとに続いたので、祐介は誘われるまま歩き出していた。


「えっ、ここ？」

「ああ、そうとも。さあ、中へ」

「あ……、お、お邪魔、します」

（……ここにこんな大きな家、あったっけっ？）

ラフィークの屋敷は、祐介のアパートからさほど離れていない住宅街の中にあった。

高い塀と門扉があり、外から丈の高い庭木が見える大邸宅だが、ここには前は別の家が建っていたような気がする。ずっと職場とアパートを往復するだけの毎日だったから、家を建て替えているのに気づいていなかっただけなのか……？

「……わっ……？」

門から中に入って、思わず声を上げた。

何というのか知らないが、外国の映画に出てくるお城か寺院みたいな、あまり見かけない建築様式の建物だ。

だがその中へと入っていくと、そこは単なるエントランス的な場所だったとわかった。建物を通り抜けると、今度は高い柱で囲まれた長い回廊があり、たっぷりと水をたたえたラグーンがある。

そしてその先には、映画のセットの宮殿か何かのようなベージュ色の建物があった。まるで東京の片隅から、おとぎ話の世界にでもトリップしてしまったみたいな気分だ。あまりの現実感のなさにあっけに取られていると――。

「ラフィークさまだー！」

「ラフィークさま、おかえりなさぁい」

「……戻ったぞ。いい子にしていたか？」

宮殿のような建物の入り口から、薄茶色のコロコロした動物が二頭、ラフィークの足元に駆けてきたから、思わず息をのんだ。

くりくりとした目をした、ものすごく可愛《かわい》らしい四つ足の動物だ。

でも、どう見ても猫や犬ではなかった。酔っているのもあって、自分の目が信じられないのだが、あれはライオンの赤ちゃんでは……？

「おきゃくさま？」

「ああ、そうだ」

「ねこの子も？」

「この子は怪我《けが》をしていてな。ナジム、先に手当てをしてくるから、祐介をテラスに案内しておいてくれ」

「かしこまりました、ラフィーク様」

「わっ？　しゃべった！」

三毛猫を抱いて去っていくラフィークを見送りながら、黒猫が声を発したので、驚いて小さく叫んだ。ナジム、というのはこの黒猫の名前なのか。こちらを見上げて、ナジムが言う。

「しゃべりますよー、もちろん！　改めましてこんばんは、祐介様。私はラフィーク様に長年お仕えしております、ナジムと申します！　声をかけていただいていたのに、ずっとお返事もせず、本当にご無礼をいたしましたー！」

「あ、いや、そんな」

「どうかお気を悪くなさらないでくださいねえ。何しろラフィーク様から、しかるべきときが来るまでおとなしく黙っているように、と厳しく命じられておりまして。私はどうもこう、おしゃべりがすぎてしまう性質《たち》でして！　というのもですね、私は子供の頃から

――――」

おとなしそうな姿からは想像もつかないような早口で、ナジムがまくし立てる。

仕えている、というからには、ナジムはラフィークを主人か何かだと思っているのだろう。主従の関係なんて、猫なのになんだか犬みたいで不思議だが、ラフィークが黙っているように命じておいたのは正しい気がする。

なるべく話を遮らないようにタイミングを見計らって、祐介は訊いた。

「あの！　しかるべきときって、何？」

「ええと、それはですね！　まあその、あなた様とラフィーク様との邂逅《かいこう》には、いろいろとやんごとなき事情がありまして！　そのあたりは私ではなく、ラフィーク様から直々にお話があると思いますので……、まずはこちらへどうぞ！」

ナジムが言いつけを思い出したみたいに言って、いそいそと歩き出す。

しかるべきときとか、やんごとなき事情というのは、いったい何のことを言っているのだろう。祐介がラフィークと出会ったのは今夜が初めてだと思うが、ナジムの姿はずいぶん前から見かけている。ということは、もしかして今よりも前から、ラフィークは祐介の存在を知っていたのだろうか。

状況がよくのみ込めず、首をひねりながらナジムについていくと。

「……ええっ……！」

美しい中庭のようなところに、ものすごい数の動物がいたので、思わず頓狂《とんきょう》な声が出た。

犬や猫、色鮮やかな鳥に獣、兎《うさぎ》やリスなどの小動物。馬に牛、羊や山羊、狐《きつね》――。

動物園、というよりは図鑑から出てきたみたいに、様々な種類の動物がいて、月明かりの下で草を食《は》んだりじゃれ合ったり、思い思いの野生の姿を見せている。

虎《とら》やライオンのような肉食動物と草食動物が混在しているが、弱肉強食みたいな雰囲気はまるでなく、当たり前に共存しているのだ。

それもそのはずで、よく見ると動物たちは皆小さく、どうやら幼獣ばかりのようだ。

こんな光景を見たのは初めてだ。

（なんなんだ、ここはっ？）

動物を保護する仕事をしているとラフィークは言っていたが、動物を飼うのには、確かいろいろと細かい決まりがあるはずだ。

外から見るよりもずっと広い屋敷だとはいえ、こんなふうに多種多様な動物が放し飼いにされているのは、素人目に見ても何か少し奇妙な感じがする。虎や豹のような獣には絶滅危惧《きぐ》種などもいたはずだし、普通こんな住宅地の屋敷では飼えないのではないか。

都内でこんな暮らしができるなんて、ラフィークは中東あたりの石油王か何かなのか。

酔った頭でそんなことを考えながら、ナジムについて庭の奥にある階段を上っていく。

そこはルーフテラスのようになっていて、円テーブルと椅子《いす》が置かれていた。

「こちらでしばしお待ちください！」

「あ、うん、どうも……」

椅子に腰かけると、ナジムがさっと身をひるがえして去っていった。

一人にされると、よくわからない人についてきて屋敷に来てしまったのだと、改めて実感してしまう。酔いに任せて無防備な行動をしすぎているだろうか。

「ん？　なんか変な感じだな？」

テラスから敷地の外に目を向けると、そこには東京の夜景が見えるが、何か少しぼんやりとしていた。まるで映像か何かで見ているみたいで、妙に不安を覚える。

テラスの手すりの上をキリンの頭が横切っていくのを見たら、なんだかもう自分の常識を疑いそうになった。

本当に、ここはいったいなんなのだろう。大いに疑問に思いながら待っていたら、しばらくしてラフィークが階段を上ってきた。

「……待たせたな、祐介」

ラフィークは手に銀の盆を持っていて、そこには洒落《しゃれ》たティーポットとカップ、それに焼き菓子が乗っていた。

月夜にお茶会だなんて、なんだかちょっとメルヘンチックだ。男女だったらこんなふうに始まるロマンスもなくはないかもしれない。男同士なのでその確率は低いとは思うが、せっかくだからいただこうか。

　ぼんやりそんなことを思いながら、祐介は訊いた。

「ええと、ラフィークさん。三毛の怪我、どうでした？」

「ラフィークでよいぞ。何かに引っかかったのか少し血がにじんでいたが、大したことはない。大丈夫だ」

　ラフィークが盆をテーブルに置きながら言って、祐介の隣に座る。

「来てくれて嬉《うれ》しいぞ、祐介。俺はそなたと話がしたかったのだ」

「あの……、もしかして俺のこと、知ってたんすか？」

「実を言うと、そうなのだ。ナジムに、そなたのことを偵察してもらっていてな」

「偵察っ？」

「本来は俺自身がこちらへ赴き、時間をかけてそなたを見つけ、見定めたかったのだが、状況がそれを許さなかった。悪く思わないでくれ」

　ラフィークがすまなそうに言う。

　やはり今よりも以前から、祐介のことを知っていたみたいだ。でも、見定めるとはいったいなんのことを言っているのだろう。

　戸惑っていると、ラフィークが目を輝かせてこちらを見つめた。

「そなたは、ナジムの見立てどおりのとても魅力的な人間だ。いや、想像以上と言っていい！」

そう言ってラフィークが、祐介の手を取って続ける。

「祐介。どうか俺の住む世界に来て、俺の番になってほしい」

「……は？」

「世継ぎを産んでくれたなら、なお嬉しい。そなたも子も、この俺が生涯愛し、守り抜くと誓おう！」

ラフィークが力強く言って、祐介の手の甲にキスをしてくる。

ロマンス、などとうっすら思っていた祐介の想像をはるかに越えた唐突な告白に、あっけに取られてしまう。

（……やっぱりちょっと変だぞ、この人っ？）

基本的に自分は童顔だし、男らしい容貌だとは少しも思わないが、だからといって女性と間違われるとも思えない。ゲイだから、百歩譲って番の相手にと望まれるのはまだ考える余地があるが、世継ぎを期待されてもそれは無理だ。

握られた手を引っ込めることもできぬまま、祐介はおずおずと言った。

「あの……、俺、男なんだけど？」

「ああ、知っているとも」

「いや、その、こんなこと言うのは失礼かもしれないけど、あんたも、そうだよね？」

「もちろんそうだ。だが俺は人間の性別にはこだわらないし、そなたは男を愛する者だと聞いている。何も問題はあるまい？」

「そんなことまで知ってんのっ？　いや、でも問題はあるでしょ！　男同士で子供はできないでしょっ？」

「それも問題ない。人間の雄を子を孕める体に変えるくらい、さして魔力も必要ない。この俺には造作もないことだ」

「……ま、まりょ、く……？」

あまりにも非科学的なことを言われたので、一瞬ぽかんとしてしまった。

そんなチートな能力を使えるのなら、ある意味なんでもありの人生だ。男を妊娠させることなんて、余裕でできてしまうのかも……？

（……いや、ない。ないない！）

何がどうなっても、絶対にあり得ない話というのはある。たぶん、目の前の男がおかしいのか、自分が酔っぱらいすぎているのかどちらかだ。今すぐここから退散して家に帰って寝たほうがいい。

祐介はそう思い、手を引っ込めて言った。

「あの、すいません。俺帰ります！」

「？　まだ来たばかりではないか」

「ちょっと、用事を思い出して……！　三毛猫も、俺が連れて帰りま……！」

言いながら勢いよく立ち上がり、帰ろうと歩き出した途端、目の前を七色の鳥が二羽、優雅に横切ったから、文字どおりくらくらとめまいを覚えた。

よろよろとその場に座り込むと、ラフィークが気づかうように訊いてきた。

「どうした、大丈夫か？」

「だ、大丈夫。今日はちょっと飲みすぎてて……、ひゃっ？」

ラフィークにひょいと横抱きにされたから、思わず小さく悲鳴を上げた。

祐介を建物の中に運びながら、ラフィークが言う。

「ならば無理はするな。少し横になるといい」

「い、いや、でも……、あ……？」

運び入れられた室内がとても美しかったので、思わずきょろきょろと見回す。

壁は幾何学模様のタイルで覆われ、天井や窓はアーチ状になっていて、そこにも様々な装飾がほどこされている。

まるでアラビアンナイトの城のようだ。夢を見ているみたいな気分で眺めていたら、とても大きくて柔らかいベッドにふわりと体を横たえられた。

祐介のネクタイを緩め、ウエストのベルトの金具を外して、ラフィークが言う。

「苦しくはないか？」

「ええと、はい」

「一寝入りしてくれてもいいし、その気なら明日までいてくれてもいい。三毛猫は帰しておくから心配はいらないぞ？」

「そ、そう、言われても……」

男の祐介に、子を産んでほしいなどと言ってくる男と一緒なのだ。猫より我が身が心配だが、ラフィークは祐介が警戒しているとは少しも思ってもいない様子で、ベッドの脇《わき》に屈んでこちらを見つめてくる。

「……ああ、なんだか夢のようだな」

「ゆ、め？」

「俺はもう何百年も前から、遠い世界にそなたが生まれ、いつかこうして求婚する日を夢見てきた。まだ見ぬそなたに、ずっと恋い焦がれてきたと言ってもいい。そなたは俺にとって、運命の相手なのだ」

「……運命って……、いや、待って？　何百年て言った？」

「そうとも、愛《いと》しい祐介。そなたが我が愛を受け入れてくれたら……、この俺の番になってくれたなら、俺にとってそれは、この上なく幸福なことだ！」

うっとりとそう言われ、青い瞳で瞬《まばた》きもせずに見つめられて、頭が混乱してしまう。

やはり彼はどこか普通じゃないみたいだ。

でもその目が信じられないくらい澄んでいたから、目をそらすこともできずに見つめ返す。

ラフィークが言っていることはわけがわからないが、どうやら彼の想いは真剣なようだ。心の底から祐介を求め、番にと望んでいるのが感じられる。

何がどうしてこうなったのかは不明だが、今まで誰かにこんなにも想いを寄せられ、熱烈に求愛されたことなどなかったから、思いがけず胸がドキドキしてきてしまって。

（……夢のよう、か。もしかしたら、本当に夢なのかもしれないな？）

まだ酔っているのは感じるが、ふと冷静になって、そんなことを思う。

自分みたいなごく普通の日本人の男が、いきなりこんな石油王みたいな人に求婚されるわけがないし、そもそもこの美しい屋敷にしてからが、いつの間に建ったのか覚えがなく、現実に存在しているかどうかも怪しいのだ。いったい何が起こっているのか、なんて真面《ま》目《じ》《め》に考えるのも違う気がしてきた。

ちょっと好きだった男の結婚式で飲みすぎて、おかしな夢を見ている。

きっとそういうことなのだろう。だったらもう、目覚めるまで成り行きに任せてしまえばいいのではないか。

よくよく見てみれば目の前の男はとてもゴージャスで華麗だし、ロマンチックなことをためらいなく言う人も、率直に言って嫌いじゃない。

バイセクシャルらしいから一夜の相手としても申し分なさそうだし、このまま夢から醒めなければどういう展開になるのか、続きを知りたくもある。

投げやりというのではなく、この不可解な状況を楽しみたい気持ちになってきたから、祐介はラフィークを見つめて言った。

「……あの、ラフィーク。俺、今日、結婚式に出てきたんだよね」

「結婚式……？　そなた、既婚者なのか？」

「いや、まさか！　友達のだよ。で、俺はその友達のこと、ちょっと好きだったんだ。そいつは女の子が好きだから、俺は気持ちを伝えなかったんだけど」

口に出してみると、ちょっとばかり切ない感じだ。ラフィークもそう思ったのか、ためらいを見せながら訊いてくる。

「……それはつまり、忍ぶ恋に身を焦がしていた、ということか？」

「え、と、そこまでじゃないんだけど、まあそんなとこ？　俺、よくあるんだよ、そういうことが」

祐介は言って、小さくため息をついた。

「でも、その恋も今日で終わった。そういうときはどうするかっていうと、とにかく飲みまくる。あと、二丁目でワンナイの相手を探したりとか」

実際にそこまでしたくなるほど哀しかったことは過去にそれほどなかったが、ノンケの男に失恋したあと気持ちを吹っ切るのには、それは悪くない方法だった。

意味がつかめなかったのか、ラフィークが首をかしげて訊いてくる。

「わんない、とは、何かの儀式か？」

「はは、そうそう、そういうやつ！　そうやって、終わった恋を忘れる。あんた、俺のことそんなに気に入ってくれたなら、俺の一夜の相手になってくれない？」

普段だったら、初対面の相手をそこまで露骨に誘うことはないのだが、これは夢かもしれないと思うと少しばかり大胆になる。ラフィークが思案げな目をしてこちらを見つめ、探るみたいに訊いてくる。

「……俺の聞き違いでなければ、もしやそなたは、この俺と一夜限りの契りを結びたいと、そう言ってくれているのか？」

「えっ、ち、契り……？」

「なんというか、話が早くて助かると言えなくもないが……、さすがに今すぐ子をなそうというのは性急すぎるのではないか？　誤解をさせたのなら謝罪するが、俺は世継ぎだけを欲しているわけではない。生涯愛し合い、慈しみ合うことのできる伴侶を求めているのだ。決してそなたを子産みの道具に貶《おとし》めたいわけではないのだ」

「……？？？」

自分の言っている「一夜の相手」とラフィークが考えているそれとが微妙に食い違っているのを感じて、首をかしげる。

発情期がある動物というわけでもないのだから、そんな一発必中を狙《ねら》うみたいなことができるわけもない。というか、そもそも男同士なのに……？

「い、いや、そういう意味じゃないよ。もっと気軽に……、ほら、付き合ったりする前に、とりあえず体の相性を確かめ合う、みたいな？　この人どんなHするのかなとか、この人となら次の恋に行けそうかなとか、そういうのあるじゃん？」

どう言ったらいいのか考えながらそう言うと、ラフィークが言葉の意味を吟味するように黙った。それから何か気づいたように笑みを見せる。

「ほう？　つまりそなたは、終わった恋の相手とやらを、俺が忘れさせられるのかどうか確かめたいと。そう言っているのだな？」

「そう、なるのかな？」

半信半疑ながらも同意すると、ラフィークが何か納得したようにうなずき、忍び笑った。

「ふふ、そうか。この俺を試そうとは、そなた大した心臓だな。だが挑まれるのは嫌いではないぞ？　そういうことなら今すぐ応《こた》えてやるとしよう！」

「……わ、あっ？」

ラフィークがいきなりベッドに乗り上げ、祐介の体をまたいで顔の脇に手をついてきたから、ドキリと心拍が跳ねた。

　祐介よりも一回り以上大きな体に、目鼻立ちのはっきりとした男らしい顔。

どうしてか、一瞬とって食われそうな不安を感じたけれど、間近でこちらを見つめるラフィークの目はとても艶めいていてセクシーだ。吸い込まれそうな青い瞳が美しく、服からかすかに香ってくる香を焚《た》きしめたみたいな深い匂いにも、鼻腔《びこう》をくすぐられる。

　一夜の相手、とは言ったが、ラフィークは一度きりの相手にはもったいないくらい魅力的だ。石油王というよりも、それこそアラビアンナイトの王様のほうがしっくりくるだろうか。

（……案外悪くないな、こういうのも）

　王様に迫られているなんて、まるで女の子みたいな、ベタな妄想だ。やはりこれは夢で、ある意味自分の願望をストレートに反映しているのかもしれない。

　美貌《びぼう》の異邦人に突然求婚され、雄々しくリードされてのしかかられて、美しい瞳と見つめ合っている。それだけでいつになく欲情するのを感じ、自分でも驚いていると、ラフィークが薄い笑みを見せた。

「忍ぶ恋の相手など、この俺がすぐに忘れさせてやる。口づけても、よいか？」

　男らしい自信をのぞかせながらも紳士的に訊《たず》ねられ、ドキドキしながらうなずく。

　ふっくらと柔らかいラフィークの口唇《くちびる》が、祐介のそれに重なってくる。

「ん……、ンっ……」

ちゅく、ちゅく、と吸いつかれ、舌先で口唇の結び目に触れられ、ぴくりと背筋が震える。ラフィークの体温は祐介より少し高いみたいだ。口づけのたび彼の熱が口唇に伝わって、じんわりと温かくなる。

彼の体温をもっと感じたくて、おずおずとその大きな背中に腕を回して抱きつくと、ラフィークがぐっと祐介の体に身を重ね、口唇を舌で押し開いて、口腔《こうこう》をぬるりと舐《ねぶ》ってきた。

「……ぁ、んっ……」

とても熱くて肉厚な彼の舌の感触に、頭が溶けそうになる。

ラフィークは、やたらとキスが上手い。上顎を舐《な》められ、舌を絡めて吸いつかれただけで、体の芯《しん》がずくんと疼《うず》いた。

このところ決まった相手もおらず、一夜の相手を探したりもしていなかったとはいえ、キスされただけでこんなふうになるなんて初めてだ。もしかしたらラフィークは、ものすごく手慣れているのかもしれない。

体のあちこちが潤み始めるのを感じていると、ちゅ、と濡《ぬ》れた音を立ててキスをほどいて、ラフィークが言った。

「……そなた、ずいぶんと敏感だな？」

「そ、そう？」

「口づけただけで、肌が粟立《あわだ》っている。そら、このように」

「あっ、ん……」

先ほど緩められたシャツの中に手を入れられ、肌を撫でられて、小さく声を立てる。

ラフィークの手は大きくふっくらとしていて、指の腹には弾力がある。触れられると気持ちがよくて、知らず腰が揺れてしまう。

汗ばみ始めた祐介の体から、ひらりとはがすみたいシャツを脱がされ、肩や鎖骨、胸骨のあたりにそっと口唇を押しつけられると、腹の底にじわりと熱が集まってくるのが感じられた。ほう、と小さく吐息を洩《も》らして、ラフィークが言う。

「心地よい温かさだな、人肌というものは」

「……？」

「そなたの肌は特になめらかで、柔らかい……。ずっと、思い描いていたとおりだ」

「ん、ぁ！　ぁあ、ふ……」

いつの間にかツンと立ち上がっていた乳首を口唇でちゅっと吸われ、舌先で転がすみたいに舐め回されて、甘い声が洩れる。

何百年も待っていた、などという先ほどの話はどうにも信じられないけれど、祐介を慈しみ、ここに本当に存在していることを確かめているみたいな、優しい触れ方は本物だ。

とても大事に扱われている感じがして悪くない。

左右の胸の突起に口づけながら、ラフィークがズボンに手をかけてきたから、脱がしやすいように自分で少し腰を上げると、下着ごとするりと足から抜き取られた。

全裸の祐介を眺めて、ラフィークがうっとりと言う。

「美しい……。そなたの生命の火は、輝くばかりだな」

「そ、なこと、初めて、言われた」

「すでに悦びも兆しているようだ。可愛いぞ、祐介」

知らぬ間に勃《た》ち上がっていた祐介の雄蕊《ゆうずい》に目を落として、ラフィークが告げる。

可愛い、なんて言われたこともなかったから、なんだか急に恥ずかしくなって、頭と頬が熱くなる。思わず局部を手で隠して、祐介は言った。

「俺だけ脱いでるの、恥ずかしいよっ。あんたも、脱いでっ？」

「そなたに恥ずかしいところなど何一つないと思うが……、もちろんいいとも」

ラフィークが言って、民族衣装のような衣服を緩める。

中から現れたのは――――。

「……っ」

広い肩に厚い胸板、長くたくましい四肢。体中がしなやかな筋肉で覆われ、肌はブロンズのように輝いている。

下腹部には雄々しい男の証《あかし》が、すでに欲望の形に屹立《きつりつ》していたのだが……。

（……めちゃくちゃデカくねっ？）

ラフィークのそれは体格に見合った、というより、それ以上の大きさだった。

外国人には規格外のサイズの持ち主がいるというのは知っているが、こちらは標準的な体形の日本人だ。あまり大きいと少々おののいてしまうけれど。

「……濡れた目をしているな。そんなにも、これが欲しいか？」

「っ！」

「素直なのはよいことだ。すぐに与えてやるぞ、祐介」

濡れた目をしていたつもりなんてなかったけれど、しばらくぶりのセックスだから、もしかしたら物欲しそうな顔をしていたのかもしれない。

かすかな羞恥《しゅうち》を覚えていたらひょいと脚を割り開かれ、膝裏《ひざうら》に手を添えられて、肩のほうに押し上げられた。

「あっ、待っ……」

腰が持ち上がり、下腹部から後孔まで大きくあらわにされて、甘い戦慄《せんりつ》が走る。

祐介の狭間《はざま》に目を落とし、きゅっと締まった窄《すぼ》まりにちゅっと口づけて、ラフィークが告げる。

「可愛らしい孔だ。俺のモノをのみ込めるよう、丁寧にほどいてやろう」

「ぁ、あっ！　そ、なっ、いき、なりっ……」

ラフィークがそこを舌でねろねろと舐ってきたから、ビクビクと腰が弾む。

それをされるのは嫌いではないけれど、ほとんど初対面の相手にためらいもなくされたのは初めてだ。ぴちゃぴちゃと水音がするほど激しく舐め立てられ、ほころんだ柔襞《やわひだ》を舌先で穿《うが》つようにされて、ゾクゾクと背筋が震える。

まるで獰猛《どうもう》な獣に味わわれているみたいな感覚に、思いがけず興奮してしまっていると、ラフィークがちらりとこちらに目を向けてきた。

頬を熱くして見返した祐介と視線を合わせたまま、ラフィークが太く長い指を祐介の雄に添え、ゆるゆると扱《しご》いてくる。

「は、ぁっ、ああ、あっ」

祐介の切っ先はすでに透明な蜜《みつ》をこぼしていて、それを指で掬《すく》い取って幹にほどこしながら扱かれると、根元にジュッと血流が集まってくる。

ほどけ始めた後ろに舌を出し入れされ、雄に絡んだ指をリズミカルに動かされたら、もうそれだけで達してしまいそうなほど、気持ちよくなってきてしまった。

「は、ううっ、ラフィ、クっ、はぁ、あ」

考えてみたら、このところ自慰すらもしていなかったからか、体がどんより重かった。

勤め先が倒産したりしてそれどころではなかったせいもあるが、こうして触れられてみると、自分は思いのほか人恋しかったのかもしれないと気づく。そういうときに出会うのがこういう手慣れた男だというのは、やはり夢だとしか思えない。

だが高まってくる射精感は現実だ。もう達《い》きそうだと告げたかったが、腰をさらに浮かされ、後孔に舌をさらに深く挿し入れられて内襞まで舐め回されて、頭がぐずぐずに溶けてしまう。

幹に絡めた指をぎゅっと絞られ、追い立てるように扱き上げられたら、もうこらえる間もなかった。

「あっ、あっ、ぃ、くっ、も、達、ちゃ……！」

欲望が弾《はじ》けるままに、絶頂に達した瞬間。

祐介自身の切っ先がぱくぱくと動き、中からびゅく、びゅく、と白いものが溢《あふ》れてくるのが目の前に見えた。腹の底がきゅうきゅうと収縮するたび、胸や腹に白蜜がぱたぱたと降り注ぐ。

ちゅぷり、と濡れた音を立てて後ろから舌を引き抜いて、ラフィークが言う。

「……気をやるさまもよいな。肌が上気して、朝焼けの空のように美しい」

「っ、んん」

「可愛い孔もだいぶほどけてきた。中ほどのあたりはどうかな？」

「ひぅんっ……！」

まだ愉悦の頂《いただき》で揺れているのに、舌でほどかれ唾液《だえき》で濡らされた後ろに、ラフィークが指を二本つぷりと沈めてきたので、裏返った声が出た。

祐介の窄まりは柔らかく開かれ、中は思いのほか蕩《とろ》けているみたいだ。長く硬い指をゆっくりと出し入れされても痛みなどはなく、指でくるりとかき混ぜられ、内襞をまくり上げられても違和感はない。

ラフィークが笑みを見せて言う。

「よい具合だ。俺の指も、するりとのみ込んでいくぞ？」

「は、ぁっ、うう、ふうっ」

二本の指をのみ込んだ後ろにさらにもう一本指を挿《い》れられ、ツイストしながら抜き差しされて、ビクビクと尻《しり》が震える。

そこはもうすっかりほどかれて、行き来する三本の指の形がわかるほど敏感になっている。どうしてこんなにも昂《たかぶ》っているのか自分でもわからないが、祐介の体はラフィークとつながりたくてたまらないみたいだ。

(やばい、何これ？　俺なんでこんなに、興奮して……？)

初めて出会った相手なのに、まるでもうずっと前から今夜出会うことが決まっていたみたいな気すらするのは、運命だなんて言われたせいなのか。

誰かに求められるなら身を投げ出してしまってもいいと、知らずそんな願いを抱いていたとか……？

「そろそろ、よいだろう」

頃合いと見たのか、ラフィークが後ろから指を引き抜く。

指が抜けた孔は甘く疼いて、もっと大きなものを求めてヒクヒクとはしたなく震える。

もはや欲しがる気持ちを隠すこともせず、陶然とラフィークを見つめると、彼が膝をつき、浮き上がった祐介の腰を支えるように、シーツとの間に腿《もも》を差し入れてきた。

大きくさらけ出された祐介の秘所に下腹部を寄せ、剛直の切っ先で祐介のあわいをひと撫でして、ラフィークが告げる。

「そなたの中に、入るぞ？」

「ん、んッ……、ぁ、ああっ――――！」

後孔に雄を突き立てられ、ぐぷりとカリ首まで沈められて、上体をのけぞらせて悲鳴を上げた。

見た目どおりの、いやそれ以上の、とてつもない質量。あり得ないくらい硬くて熱い、まるで肉の凶器みたいなラフィークの雄。

こんな巨大なモノを受け入れたのは初めてだ。あまりの圧入感に、全身の毛穴から冷や汗が出た。全部挿れられたら壊されてしまうのではないかと焦りが募る。

「まずは先が入ったな。そのまま、楽にしているといい」

「ん、うっ、はあっ、あ！」

祐介を見下ろしながら、ラフィークが腰を使って少しずつ熱杭《ねっくい》を肉の筒に収めていく。体に楔《くさび》を打ち込まれるみたいで、恐怖に震えそうになったけれど、悩ましげに眉根《まゆね》を寄せた彼の表情からは、激しく突き上げたい衝動を抑えている様子が見て取れる。昂りをぶつけて祐介を傷つけないよう、気づかってくれているのだろうか。

「……ああ、素晴らしい。そなたの中は、こんなにも温かいのだな」

「ラ、フィ、ク……」

「こうしているだけでわかる。やはりそなただ。そなたこそが、約束の番なのだ……！」

（……約束の、番？）

それもまた運命を感じさせる言葉だが、なんだか少し厳粛な響きだ。

ラフィークがただ肉欲に耽溺《たんでき》しようとしているのではなく、祐介との交わりを身も心も望み、それが叶《かな》った喜びに心を震わせているのが伝わってくる。

そんな彼の姿に、徐々に恐れる気持ちが静まってくるのを感じていると、やがてラフィークの温かい下腹部が、祐介の双丘にぴったりと押し当てられた。

あの巨大な肉棒をすべて収められたのだとわかって、おののきながらも甘美な興奮を覚える。

「動くぞ、祐介」

「……ん、んっ、ぁ、あぁ」

ゆっくりと、ラフィークが祐介の中を行き来し始める。

モノの大きさが大きさだけにいくらか苦しいかと思ったが、ラフィークは祐介の反応を見ながら、抑制のきいた動きで中を擦《こす》り上げる。

やはり祐介が苦しくないよう、気づかってくれているようだ。

愛おしげな目をして、ラフィークが言う。

「そなた、もしやこれをするのは久しぶりなのではないか？」

「な、んで、わかった？」

「そなたの中が、そのように告げている。俺を欲しがりながらも戸惑っているようだ。悦びに花開くそのやり方を、今ゆっくりと思い出そうとしている。そんな具合だ」

そんなことがわかるのかと驚いてしまうが、確かにセックスは久しぶりだ。

とてつもないサイズにおののいたのもあり、雄をつながれたらどこにどんなふうに力を入れたり、あるいは抜いたりするのだったか、体がテクニック的なことを忘れているみたいな感じはある。

ラフィークがぐっとのしかかりながら言う。

「俺に身を委《ゆだ》ねよ。俺の熱を感じて、己をどこまでも解き放つがよい」

「あ、んっ」

ラフィークがしなやかな腰の動きで祐介を甘く揺さぶりながら、胸の突起に口づけてちゅくちゅくと吸い立ててきたから、背筋にビンビンとしびれが走った。

祐介は乳首がとても感じやすい。吸われただけですぐにきゅっと硬くなって、欲望を主張するみたいにツンと勃ち上がった。

それを飴《あめ》でも味わうみたいにコロコロと舌で転がされ、軽く歯を立てられると、腹の底がジュッと潤んでくるみたいな感覚があった。

(胸、気持ち、いい)

肉厚で熱を帯びたラフィークの舌は、まるでそれ自体が生き物みたいに繊細な動きで、祐介の乳首をもてあそぶ。口唇が吸いつく感じもねっとりと心地よく、左右の胸を交互に刺激されると、体の芯が火照《ほて》って、内奥に喜悦の火がともり出した。

「ぁ、あっ」

知らず腰を揺らしたら、肉杭が中のいいところをズクリとかすめ、ビクンと上体が跳ねた。

ちゅぷ、と濡れた音を立てて乳首から口唇を離して、ラフィークが訊いてくる。

「ここが、そなたのよきところか？」

「あっ！　ぅうっ、ああ、はぁあっ」

感じる場所を硬い切っ先でゴリゴリと擦り立てられ、そのたびに喉奥《のどおく》から甘い声が洩れ

る。内腔前壁の中ほどにある、窪《くぼ》みのようなところだ。そこがとても気持ちのいい場所だったと思い出し、ラフィーク自身の頭のところが当たるよう、自ら腰を動かす。

するとラフィークが行き来するたび、泉の水が湧き上がるみたいな鮮烈な快感がほとばしり始めた。

「ふぁ、ああっ、そこ、いいっ」

「そのようだな。こちらは、どうだ？」

「あぅっ！　ぁあっ、そ、こもっ、ああっ、あああ」

感じるところを抉《えぐ》るみたいになぞられながら、最奥近くの少しきつくなっているところをズンズンと攻め立てられて、視界がチカチカと明滅した。

最奥近くのその場所も、雄で突かれたらひとたまりもないところだ。抽挿のピッチと深度を上げられ、狙いすましたみたいに肉の楔を打ちつけられて、目が眩《くら》むほど感じさせられる。

悦びに濡れた呆《ほう》けた声で、祐介は叫んだ。

「あっ、ああっ！　す、ごいっ、気持ち、いっ、気持ちいいようっ」

思わず我を忘れて身をくねらせ、後ろをきゅうっと絞ってラフィークの幹にしがみつく。きつさがこたえるのか、ラフィークが小さくうなって、腰を打ちつけるスピードをさらに速めてきたから、応えるように腰を跳ねさせた。

互いのいいところが擦れ合って、動くたび快感の火花が散るみたいだ。

ひたひたと絶頂の兆しがやってきて、腹がぐつぐつと滾《たぎ》ってくる。

「ふ、ぁあっ、ぃ、きそっ、達っちゃい、そうっ」

「かまわぬぞ。大いに弾け飛ぶがいい」

「あっ、ああっ、あああっ」

追い立てるみたいに激しく中をかき回され、こらえる間もなくどっと大きな波が押し寄せてくる。やがて全身が震え出し、頭も視界も真っ白になって――――。

「ぃ、くっ……！」

細い声を洩らし、ラフィークをきゅうきゅうときつく締めつけながら、ビクビクと身を震わせる。

後ろでオーガズムに達したのはどれくらいぶりだろう。

鮮烈な快感に体中の筋肉がわなわなと震える。祐介自身の先端からは、押し出されたみたいにとろとろと白いものが流れ出して、祐介の汗ばんだ腹や胸に滴った。

腰の動きを止めて祐介を愛おしげに眺めながら、ラフィークが言う。

「俺のモノで達する姿もたまらぬな。中もピタピタと吸いついてきて、実に愛らしい」

「ラ、フィ、ク……」

そうしていいと言われたものの、先に達してしまうと、一人でさっさと気持ちよくなってしまったみたいで恥ずかしい。

でも、ラフィークは楽しげな顔つきだ。頂のピークを過ぎて力の抜けかかった祐介の脚を抱え直して、艶麗な声で告げる。

「何度でも、達かせてやるぞ。俺がそなたを番に求めるにふさわしい男かどうか、存分に確かめるがよい……!」

「……んぅっ、待っ、ま、だっ、ぁあ、あああっ」

絶頂の余韻を引きずる体をラフィークに再び突き上げられ始めると、もはや夢なのか現実なのかわからなかった。

ひたすらに凄絶《せいぜつ》な悦びの淵《ふち》に、祐介はずぶずぶと沈み込んでいった。


それから数時間後のこと。

ラフィークに恋人みたいに腕枕《うでまくら》をされて夢見心地でベッドに横たわりながら、祐介は心の中で甘いため息をついた。

(……めちゃくちゃ、気持ちよかった……!)

行為は終わったのに、まだ体が甘く火照っている。

情交のあと、起き上がる気力もなくベッドに沈み込んでしまうことなどめったにないのだが、ラフィークとのセックスがあまりにもよすぎたせいか、今夜は珍しくそうなってしまった。ラフィークが湯を絞った温かいリネンで体を清めてくれなかったら、そのまま気を失うみたいに眠ってしまっていたかもしれない。

初めて出会った相手と、こんなに盛り上がったのは初めてだ。

「どこか痛んだりはせぬか、祐介？」

「え、と……、大丈、夫」

「そうか。そなたと抱き合えるのが嬉しくて、少々無理をさせたかもしれん。最後はこらえ切れずそなたの中で果ててしまったしな」

「それは、気にして、ないし」

こちらはさんざん達きまくったあとだった。中に欲しがったのは自分なので、ラフィークにも気にしてほしくはない。それで妊娠するわけでもないし……。

「何にせよ、あとからどこか不調に気づいたなら、遠慮せず教えてほしい」

ラフィークが言って、間近でこちらを見つめながら続ける。

「それで、どうだろうか？　俺は合格か？」

「合格？　あ、そうか。うーん……」

そういえば、元々自分が彼を試すようなことを言ったので、こういうことになったのだった。祐介自身は別にそこまで経験豊富というわけでもないが、セックスの相手としてのラフィークの評価は、歴代一位と言っていいくらいよかった。

それは確かにそうなのだが……。

「ええと、それはさ……、あんたの番になってほしいって話に関して、だよね？」

「ああ、そうだ」

「うーん……、あのさ、あんたの話って、いったいどこまでが現実の話なの？」

「どこまで、というのは？」

「ほら、俺のこと何百年も待ってくれてたとか、子供を産んでほしいとか、魔術とか？

そういうのはやっぱりちょっと、本気で言ってるとは思えないっていうか。セックスは、ものすごくよかったんだけどさ？」

少し明け透けかなと思ったが、もうすっかり酔いも醒めていたので、率直なところを言ってみる。ラフィークが真顔で答える。

「体の相性は大切だ。ものすごくよかったと言ってもらえるなら、これほど嬉しいことはない！」

「や、でもさ！　それだけじゃ駄目じゃん？」

「ああ、もちろんわかっているとも。そなたの言いたいことはな」

ラフィークが苦笑気味にうなずいて、思案げに言葉を続ける。

「古《いにしえ》の時代ならばいざ知らず、今の人の世は『科学』とやらによって支配されているのだ。そんな時代を生きるそなたにどう説明し、納得してもらい、合意を得るかは、俺にとっても悩みどころではある」

「……てことは、あんたの言ってることは、全部本当だと思ったほうがいいってこと？」

「それはもちろんそのとおりだ。本来は時間をかけて話すところだが、今は……」

ラフィークが言いよどんだ、そのとき。

突然ゴオ、と地響きのような音が聞こえてきて、建物がぐらぐらと揺れた。

地震がきたのかと身をすくめると、ラフィークが険しい表情を見せて体を起こし、戸口のほうを振り返った。

「……祐介、何が起きても、絶対にここを動くなよ」

「え、なんで？」

「俺の精を注いだ体ゆえ、多少耐性がついてはいるだろうが、呪《のろ》われたくはないだろう？」

「は？　呪いっ？」

ラフィークが何を言っているのかさっぱりだったが、その声がひどく緊迫していたから、はっとして顔を見る。

すると次の瞬間、部屋のアーチ状の入り口からぴゅう、と生温かい風が吹き込んできた。

何事かと、そちらに目をやると。

「グウ、オ、ォ……！」

「なっ……？」

低いうなり声とともに、戸口からのそりのそりと何かが部屋に入ってくる。

一見すると大きな四つ足の獣のように見えたが、その体はどろどろに溶け、黒い煙のようなものが立ち上っている。その煙からは強烈な腐臭が漂っていて、思わず吐き気を覚えた。

今までに見たこともないほど気持ちの悪い、まがまがしい化け物。

やはりこれは夢？　それとも、現実――？

「この俺の寝所に入り込むとは、命知らずの魔獣だな！」

ラフィークが動じもせずに言って、ゆっくりとベッドから下りる。

まじゅうとは？　と混乱している祐介を背後にかばうように、化け物との間に立ちふさがり、すっと両手を広げて告げる。

「よかろう。今すぐ冥府《めいふ》に送ってやるぞ！」

「……え……、ええっ！」

祐介の目の前で、ラフィークの背中がグッと丸まり、褐色の肌が青みがかった黒い毛で覆われ始めたから、ぎょっとして目を見開いた。

腕や脚は見る間に締まって短くなり、尻には長い尾が生えて、頭も獣のそれへと変わる。

そこにいるのはラフィークではなく、巨大な黒豹のような獣だった。

理解が追いつかず呆然《ぼうぜん》としていると、黒豹がいきなり化け物に飛びかかった。

「グオオオッ！」

化け物が吼《ほ》え、攻撃をかわそうとしたが、黒豹は太い四肢で化け物の頭を殴りつけ、床に押さえ込む。

そうして大きな顎を食い込ませるみたいに、化け物の首に嚙《か》みつく。

「オ、オ、グ、ゥウ……！」

化け物が逃れようともがくが、黒豹はびくともしない。

やがて化け物の体からぴかっと光が放たれて、その体が干からび始めた。

（やっつけた、のか……？）

黒豹の脚の下で、化け物だった干からびたものは砂のように形を失い、ざあっと流れて消えていく。吐きそうなほどの腐臭も消え、生温かい風もいつの間にかやんでいる。

何がなんだかさっぱりわからないが、とりあえず、危険は去った……？

「ラフィーク様！　ご無事ですかっ？」

部屋の入り口に黒猫のナジムがやってきて、焦った様子で訊いてくる。黒豹が頭をもたげてそちらを見る。

「こちらは問題ない。誰か、魔獣の穢《けが》れに触れた者はいるか？」

「いえ、幸い誰もおりません」

「それはよかった。三毛猫は？」

「野生の危機感を覚えられたのか、さっと屋敷を出られ、すでにお帰りになられました。何も心配はありません」

ナジムが言って、憂うような声で続ける。

「ですが、あちらとの間に獣道ができてしまったようです。この屋敷のここでの実在自体も不安定な状態ですし、早々にお戻りになって道を塞《ふさ》ぎませんと、また魔獣が迷い込んでしまうかもしれません」

「うむ、そうだな。しかし、まだ祐介に話を――」

(ラフィークなんだよな、この黒豹？)

黒豹の姿をしているが、ナジムと話している声はラフィークだと気づいて絶句する。

先ほど目の前で見ていたのは、人間から獣への変身の瞬間だったのだと改めて理解したけれど、ますます謎《なぞ》が深まったともいえる。

ラフィークは、いったい何者なのだろう。

「……あの、ラフィーク？」

話し込む二人――というか、一匹の猫と一頭の黒豹――におそるおそる声をかけると、ラフィークが獣の首をこちらに向けて言った。

「ああ、驚かせてすまなかったな、祐介。大丈夫か？」

「俺はなんともないよ、少なくとも体は。……頭は、ちょっとわからないけど……？」

「そうか。混乱しているところ大変申し訳ないのだが、そなたも服を着て、帰り支度をしてもらえるか？」

　ラフィークがそう告げると、ナジムがなぜか猫目を見開いて、ラフィークに何か言いかけた。そんなナジムを無視して、ラフィークがベッドの傍までやってきて言う。

「実は少々問題が起きていてな。俺は今すぐ元の世界に戻る必要がある。できればそなたを連れていきたかったが……」

　ラフィークが話す間にもまた地鳴りがして、ぐらぐらと建物が揺れる。

　元の世界とか、連れていきたいとか、それは先ほどの求婚話ともつながっているのだろうか。でも、そこには今見たような化け物が普通にいて、身の危険もあるのでは……？

「う、うわっ」

　建物がひときわ大きく揺れたと思ったら、壁がぐにゃりと歪《ゆが》み始めた。巨大地震で建物が崩壊しかけているのかと思い、恐怖で息をのむと、ナジムが切迫した声で言った。

「ラフィーク様、もう間に合いませんよ！　祐介様をお連れするしかありません！」

「むっ、しかし……！」

「迷っている時間はありません！　どうかご決断を！」

ナジムが言うと、ラフィークが小さくうなり、ベッドに乗ってきた。

いきなり黒豹の巨体にのしかかられて叫びそうになっている祐介に、ラフィークが告げる。

「やむを得ん。そなたをカルナーンに連れていく。どうかこのまま、動かずにいてくれ」

「え……、わ、うわあぁ――――」

アーチ状の美しい天井に大きな穴が開いたと思ったら、ラフィークの巨体とともに体がそこに向かって「落ちて」いき始めたから、わけがわからず悲鳴を上げる。

夢ならそろそろ醒める頃合いだろうに、一向にその気配もなく――――。

(カルナーンて、どこっ……?)

そんな名前の国があっただろうかと考えてみたけれど、次第に意識が朦朧《もうろう》としてくる。

黒豹の毛皮越しに温かい体温を感じながら、祐介は気を失っていた。


動物の声が聞こえることに気づいたのは、まだ就学前の幼稚園児の頃だった。

親に連れられて出かけた動物園で、檻《おり》の中で寝そべっている雄のライオンが「たいくつだ」と言っていたのを聞いたのだが、大人に話しても微笑《ほほえ》ましいものでも見るような目をされるだけで、本気にはされなかったのを覚えている。

よくよく耳を澄ませてみれば、そこらの野良猫や散歩中の犬、雀《すずめ》や烏《からす》の鳴き声からも様々な声が聞こえていた。

その内容は空腹だとか、仲間に警戒するよう告げる声だとか、必要最小限の言葉で、人間の会話のように複雑なことを言っているわけではなかった。こちらの言っていることをなんとなくわかってくれているように思えても、込み入った言葉のキャッチボールのようなことはできなかったのだ。

けれどナジムや、黒豹の姿をしたラフィークとは、普通の人間同士のように話ができた。彼らは祐介がそれまで出会ってきたほかの動物たちとは何かが違った。特にラフィークは、祐介の目の前で人間の姿から黒豹の姿へと変身したのだ。

それだけでなく、突然現れた謎の化け物と戦い、聞いたことのない国に祐介を連れていくと言って――。

「……んんっ……？」

明るい太陽が出ている気配と、顔に何かモフモフとした温かいものが触れる感覚に、祐介はふと目を覚ました。

もしや、長い夢から醒めたのだろうか。きちんと現実に戻ったことを確かめたくて、目を開いてみると……。

「……あ、おきた。にんげんがおきた！」

「わー、おきた。ラフィークさまにおしえなくちゃ！」

「な、んっ？」

ここはまだラフィークの屋敷らしい。

ベッドに横たわる祐介の頭の左右に動物が丸まって、目覚めた祐介の顔をのぞき込んでいたから、驚いて目を見張った。

ラフィークの帰宅を出迎えた、二頭のライオンの子供たちだろうか。薄茶色の短い毛は柔らかく、くりくりとした目には好奇心がのぞいている。

あまりにも可愛かったので、祐介は思わず言った。

「え、と、昨日のライオンの、子？　撫でても、平気かな？」

「もちろんいいぞ」

「たくさんなでろ」

二頭が答えて、シーツの上にコロンと横たわったので、話が通じたことにますます驚く。

無防備に腹をさらしてこちらを見る目には、警戒心のかけらもない。祐介はおそるおそる左右に手を伸ばし、ライオンの子たちの腹に触れた。

「……わ、めちゃくちゃ柔らかい……」

触り心地のいい毛並みと程良い弾力、そして温かい体温。

ライオンの子供に触れるのは初めてだ。子犬や子猫よりも全体にがっちりとしていて、手足もとても太い。こんなに小さな頃から、もうすでに「百獣の王」の片鱗《へんりん》が見えるようだ。

（……そういえば、昨日のあれは……？）

はっと見上げた天井に穴は開いていなかった。落ちていくみたいなあの感覚は夢だったのだと、少しだけほっとする。もしかしたら、あの化け物みたいなやつも夢だったかもしれない。

だが、ベッドから起き上がった途端、祐介はうめいた。

「うぅっ……！」

なじみのある甘苦しい腰の痛み。

祐介は裸で、よく見ると体には行為の名残と思われる痕《あと》もある。

どうやらラフィークと寝たのは夢ではなかったようだ。とても気持ちよくて、いつになく乱れてしまったのを思い出して、かあっと頬が熱くなる。

「なあ、ラフィークはっ？」

「おにわだぞ」

「ひるごはんのじかんだ」

ライオンたちが答えてベッドから飛び下り、テラスのほうへと駆け出す。

庭に行くならとにかく服を着なくてはと、部屋を見回すと、傍らのテーブルにシャツと下着、スーツのスラックスがたたんで置かれていた。

「……え……、はっ？」

衣服を身につけながら、何気なく外を見て、祐介はぎょっとした。

昨日ラフィークとお茶を飲んだテラスのむこう、ぼんやりとした東京の光景が見えたはずの場所が、どうしてかベージュ色になっている。

慌てて窓に近づいてよく見てみると、青い空がどこまでも続き、遠くにうっすら高い山々が連なっているのが見えるほかは、砂の丘が広がっているばかりだ。

「……砂、漠……？　なんでっ？」

自分の目で見ているものがまったく信じられない。祐介は腰をかばいながらテラスに駆け出し、外の階段を駆け下りた。

「……！　ラフィークっ！」

昼日中の明るい陽光が射す庭の真ん中に、人間の姿をしたラフィークが見えたから、名を呼んで駆け寄った。

ラフィークの周りには、昨日も見かけた動物の子供たちがたくさんいる。ラフィークがこちらを振り返って、鷹揚《おうよう》に言う。

「起きたか、祐介。よく眠っていたな」

「ラフィーク、ここはどこなんだっ？　東京じゃないのかっ？」

焦って問いかけると、ラフィークが笑みを見せた。

「動転しているな。まあそれも当然であろう。皆に食事をとらせながら順に説明してやるから、落ち着け」

ラフィークが言って、足元に置かれた大きなかごに手を入れる。

中には芋や果物がぎっしり入っている。それを順に取り出し、取り囲んでいる動物の子供たちに配っていく。

「わぁ、いも！　いも！」

「たべる、たべる」

動物たちが芋や果物に飛びつき、美味《うま》そうに頬張る。

肉食動物も草食動物も関係なく、仲良く並んで食事をしているさまは、なんだか少し不思議だ。奇妙に平和な光景を眺めやりながら、ラフィークが言う。

「ここは、カルナーン。そなたの住む世界とは、別の世界だ」

「別って、どういうこと？」

「遙《はる》か古の時代、知性を宿した獣と魔術を操る人間とが番《つが》って、獣と人間の血を引く獣人が生まれた。ここはその末裔《まつえい》たちが住む異世界だ。この子らも獣人で、ときがくれば人の姿に変わることができる」

「獣、人……？」

あまりにもトンデモな話すぎて、意味がまったく頭に入ってこない。

そんな非科学的な謎の生物が普通に存在しているわけがないのだが、存在しているということは、つまりここは普通の世界じゃないということか。

自分は異種である彼と寝てしまったが、体は大丈夫なのか。

疑問が頭の中をぐるぐる回る。祐介の反応を予想していたのか、ラフィークは気にせず続ける。

「俺はこの世界を統べる王だ。その座に就いたのは四百年ほど前。民たちには『獣の王』などとも呼ばれている。この城で幼獣を多く育てているから、そなたに動物を保護する仕事をしていると言ったのは、嘘《うそ》ではないぞ？」

「……ほんとに、王様だったんだ……」

昨日ラフィークを見てアラビアンナイトの王様みたいだと思ったが、その印象は間違っていなかったらしい。四百年なんて言われても信じがたいが、ラフィークが変身するところをこの目で見ているし、そのほうがもっと信じがたいことだ。

でも、彼は何か嘘を言っているわけではなさそうだ。

（異世界とか、マジかよ……）

そんなおとぎ話かファンタジーみたいな世界が、まさか本当にあるなんて思わなかった。

祐介は高校卒業と同時に家出同然に飛び出してきて以来、実家とは長いこと音信不通だし、職場も潰《つぶ》れて失業中、友達もそれほど多いほうではないけれど、元の世界から自分が消えてしまったのかもしれないと思うと、なんだか薄ら寒い気分になる。

しかもこの世界に連れてこられたのは、獣と人間の血を引く獣人の王に、番になって世継ぎを産んでほしいと望まれているからで――――？

「え、待って？　世継ぎって、王様の子供を産んでほしいって意味だったのかっ？」

「ああ、そうだ」

「そんな！　それはさすがに責任重大すぎるだろ！　ていうか、獣人って獣人同士で繁殖するんじゃないのっ？」

「民はそうだ。だが王族は違う」

かごの中身をすっかり配り終えてから、ラフィークが言う。

「王族はこの世界を支え包み込む空と大地に仕える、魔力を司る存在だ。よき魔術師となって民を導くためには、人間の英知に触れて揺るがぬ知性を育まねばならぬ。獣の血と人間の血とが、正しく交わることが必要なのだ」

「……俺、どう考えても英知とはほど遠い人間だと思うんだけど？」

「そのように卑下することはない。そなたは数百年に一度人の世に生まれてくる特別な人間だ。少なくとも今の人の世に、そなた以上に王の番となるにふさわしい人間はおらぬよ。獣たちの声が聞こえるのが、その証だ」

「そ、そうなのか？」

別に卑下するつもりはないが、自分は動物の声が聞こえる以外これといった能力のない、ごく平凡な人間だ。王の番となるにふわさしい、なんて言われると、いたたまれなさを感じてしまうのだけれど。

「ナジムからそなたのことを聞いたのは、ごく最近だ。それで俺は、時空の海に橋を架けてこの城を人の世につなぎ、そなたに会いにいったのだ」

ラフィークが言葉を切り、すまなそうに続ける。

「本来、番となる人間をこんなにも性急にこちらの世界に連れてくることはない。しかし昨晩は、予期せず二つの世界をつなぐ橋が不安定になり、そなたの同意を得る間もなくこちらに連れてきてしまうことになった。突発的な出来事とはいえ、王として申し訳なく思っている」

「……突発的な……、そうだったんだ」

つまり、祐介はアクシデントで異世界に来てしまったということだ。

だがそれなら、まだラフィークの番になることが確定したというわけではないのかもしれない。今ならまだ、元の世界に戻れるのかも……？

「あの……、俺って元の世界に帰れるの？」

そう訊ねると、ラフィークが少し考えてから答えた。

「そなたがそれを望むのなら、可能だ。こちらにやってきた時と場所に、ほぼそのまま戻すことができる。とはいえ、次の機会を待たねばならないがな」

「すぐじゃないってこと？」

「ああ。ナジムのような小動物ならば移動にもそこまで制限はないのだが、人間を違和感なく移動させるとなると、かなりの魔力を使う。暦にも当たらねば正確には答えられぬが、そうだな……、人の世の時間軸で言うならば、およそ、ひととせほど先になるかな？」

「ひととせって……、一年てことっ？　そんなに先なのかよっ」

元の時間と場所に戻れるとしても、今すぐ帰ることはできないと言われると、やはりちょっとショックだ。

「そなたの動揺はわかる。だが、しばしこの世界で過ごしてもらわねばならぬのは、動かしようのないことだ。むろん俺としては、そなたが番となってとどまってくれるなら嬉しいのだが、こればかりは無理強いするわけにもいかぬしな」

言葉を失っている祐介に、ラフィークが慰めるように言う。

「ここで立ち話もなんだ。まずは城の中に戻って食事をとらぬか？　禁忌に触れるゆえ、肉類を摂《と》る習慣はないが、焼き立てのパンに今朝《けさ》もいだばかりの果実がある。あとは豆のスープあたりが、そなたの口に合うと思うのだが」

「……パンとか、あるんだ？」

聞いた途端、ひどく腹が減っていることに気づいた。ラフィークがうなずいて言う。

「食事がすんだら、ここを少し案内してやろう。ついてきてくれ、祐介」

空になったかごをひょいと持ち上げて、ラフィークが歩き出す。

祐介は言われるままに、ふらふらと後ろからついていった。


それから一時間ほどあとのこと。

「ここから、このあたりの地形が一望できる。端まで来て外をのぞいてみろ」

「……おおー！　すごいな。ほんとに周りは砂漠なんだ……！」

砂漠から吹いてくる乾いた熱風に煽《あお》られながら遠くに視線を向けて、祐介は感嘆の声を上げた。

どこまでも続く広大な砂漠。少し傾き始めた太陽が、砂丘の形を浮き彫りにしている。

ここはそんな砂の海の中に島みたいに存在する、周囲をぐるりと石の壁に囲まれた緑のオアシスだ。祐介が今立っているのは、そのほぼ中央、小高い丘に建てられた城の一角に建つ、高い鐘楼だった。

目の前の光景はまるで映画のワンシーンか何かみたいだ。

(本当に異世界なんだな、ここは)

古の時代から続く、人間と獣の血を引く獣人たちが住む世界、カルナーン。

成人した獣人には変身能力があり、人の姿と動物の姿をとること。

王族はこの世界を包む空と大地に仕え、魔力を操って民を治めていること。

今はわけあってラフィークが幼獣たちを城で保護し、自立して暮らせるまで育てていること。

食事をしながら、ラフィークはこの世界のことをざっと説明してくれた。食事がすむと城の中を案内し、この鐘楼に連れてきてくれたのだ。

祐介が眠っていた寝室やそこから続くテラス、そして動物の子供たちがいた庭なども、すべて城の一部分であり、ほかにラグーンのある回廊とエントランス、動物たちのためのいくつもの居室や食堂、水場に、大きな会堂まで備わっている。

ラフィークは祐介に会いに行くため、魔術とやらで城そのものを東京に出現させることで出入り口を作り、そこからむこうの世界に入ったらしい。魔術や魔力というのがどういう性質のものなのか、いまだ見当もつかないが、そんな大がかりなことを頻繁にできるわけがないのは、祐介にもさすがにわかる。

ここは祐介が知っている世界とはあまりにも異質で、遠く離れた場所なのだ。

オアシスに植わっている青々とした木々と、それを砂漠から綺麗に隔てている石の壁を目で追い、遠くの山々を眺めると、なんだか距離感がおかしくなってくる。

城のある丘のなだらかな斜面には果物の木がたくさん植わっており、そのむこうには畑があるのか、鍬《くわ》やすきをふるっている人の姿が見える。彼らが獣人なのだろうか。

「こちら側の一帯は、果樹園と農地になっている」

「ああ、よく見るとあそこだけ赤土なんだね？　果物は林檎《りんご》とか梨《なし》とか、あとかんきつ系かな？　オリーブに、葡萄《ぶどう》っぽいのも見えるね」

「詳しいな？」

「昔ばあちゃんが庭で畑やってて、フルーツも色々育ててたからね。あの、畑の左の建物、あそこだけちょっと綺麗な感じだね？」

「あれは神殿だ。俺はあそこで朝夕、空と大地に祈りを捧げている。この世界の平穏を保つための魔力の元となる、霊力の泉があるのでな」

「れいりょく、って？」

「空と大地が与えてくれる、生き物や植物が育つうえで欠かせない力のことだ。俺はそれを魔力に変えて、この世界全体に流している。それはこの世界を統べる王の務めなのだ」

「王の、務めか」

王様というのがどんな立場の人なのか、考えてみたら祐介は、何一つ具体的なことを知らなかったが、ずっと城にいて何もせずにいるわけもない。

魔力や魔術が存在するこの世界では、ラフィークがしていることは、きっと必要不可欠な行為なのだろう。魔力を操れるのは王族だけのようだから、王である彼にとって、とても重要な仕事なのかもしれない。

「民の集落は、反対側だ」

ラフィークが指さしたほうに目を向けると、石造りの小さな家々がたくさん並んでいるのが見えた。

区画を区切る路地や、広場のようなところには、人の姿が見える。家の庭には洗濯物が干されていて、生活感がある。

「獣人は、たくさん住んでいるの？」

「このオアシスで暮らす民は、城で俺が面倒を見ているまだ幼い者たちも含めて、八百人ほどになるかな」

「そんなにいるんだ！　あれ、でも獣は見えないね？」

「人と獣の姿にいつでも自在に変身できるのは、今は魔力を使える王族だけでな。獣人たちが人の姿でいられるのは、陽光のある昼間だけだ。だから日中は人の姿で活動する者が多い。日が暮れれば、皆否応なく獣の姿になるからな」

「そうなのか。あ、あそこにいるの、ナジムかな？」

民家の屋根の上を歩く黒猫に目をとめて言うと、ラフィークがうなずいた。

「そうだな。ナジムは代々王族に仕えてくれている一族の出で、年長者なのだ。ここで暮らす若い獣人たちの面倒もよく見てくれている。彼は猫の姿のほうが動きやすいと言って、昼間でも基本的にはあのままだ。ほかに鳥類の獣人も、飛翔《ひしょう》できる獣の姿を好むな」

「へー、そういう獣人たちもいるのか」

遠目に見る限り、町の雰囲気は中東やアフリカの都市みたいで、異国情緒を感じる。興味を引かれていると、ラフィークが訊いてきた。

「集落の中を歩いてみたいか？」

「いいの？」

「もちろんだとも。案内してやろう。足元に気をつけてな」

ラフィークが言って、祐介の手を取った。鐘楼の急な階段をゆっくりと下り、城のエントランスを横切って、門の外へと出る。

集落に続く坂道を、ゆっくりと下っていくと。

「ラフィーク様！　こんにちは！」

「こんにちはー！」

道沿いの草地に少女が数人いて、野イチゴを摘《つ》んでいる様子だったが、こちらに気づくとさっと近づいてきた。ラフィークが鷹揚に答える。

「ああ、いつもせいが出るな」

「あの、そちらの方は……？」

「人間の、祐介という」

「……あ、ど、どうも、祐介、です」

思わず名乗ると、少女たちが少し驚いた様子で顔を見合わせた。それからおずおずと訊いてくる。

「もしやこの方は、皆が待ち望んできた……？」

「ラフィーク様の、番になってくださる方ですかっ？」

「ははは、気が早いな、そなたらは！」

ラフィークが笑って答える。

「今はまだ客人だ。しばし滞在することになったゆえ、民の暮らしを見せてやろうと思ってな」

「……そうなのですね！」

「皆に、伝えてきます！」

少女たちが妙に興奮した声で言って、連れ立って集落のほうへと駆けていく。

どう見ても、祐介を番候補だと認識してしまったようだが。

「彼女たちは、羊の獣人だ。人間を見るのはこれが初めてなのだ」

「あ、そうだったの？」

「ここで暮らす民の中で、人間を見たことがあるのはほんの一握りだ。しばらくはあれこれとかまわれるだろうが、気にしないでやってくれ」

「それは、いいけど……」

（もしかしてここの人たちはみんな、ラフィークが番を迎えて子供を作ることを望んでたりするのか？）

アクシデントで連れてこられたとはいえ、ラフィークは祐介に番になってほしいと考えているのだ。周りからも期待されているのなら、やはりちょっとプレッシャーだ。

少しばかり緊張しながら、集落の入り口のほうへと歩いていくと――。

「おお、本当だ、人間の男の人だ！」

「ようこそいらっしゃいました！」

石造りの家々が並ぶ通りに、人の姿の獣人たちが出てきて、祐介に向かって手を振ってきたので、焦ってしまう。

ラフィークがうなずいて言う。

「皆、祐介を歓迎している。あまり緊張せずともよいぞ？」

「そ、そうは言っても」

「我が民は善良で世話好きな者が多い。俺が王としての務めにかかり切りの間、彼らと過ごせば退屈もしないだろう」

「あ……、それも、そうか」

ラフィークが祐介の相手をしてばかりもいられないのは当然だし、この先一年もここにとどまることになるのなら、祐介もそれなりになじむ努力をすべきだろう。

この異世界でなんとか生きのびていかなければならないのだと、改めて実感していると、ラフィークが民たちの前に出て言った。

「皆の者！　彼は俺の客人の祐介だ。しばしこの世界にとどまることになったゆえ、歓待してやってほしい」

「ゆうすけ、さまですね？」

「祐介様！」

「ラフィーク様のお客様は私どものお客様です！　いらしてくださって嬉しいです！」

貫頭衣やローブ風の装束をまとった人の姿の民たちが、口々に歓迎の言葉を告げてくる。その声は皆温かく、表情も明るい。心なしか若い人たちが多いし、小姑《こじゅうと》的な感じでとにかく早くお世継ぎを、なんて迫られたりはしなさそうだ。

ほっとしていると、傍の家の屋根から猫の姿のナジムがひょいと下りて、祐介の前に来て言った。

「祐介様、おはようございます！　……と、ご挨拶《あいさつ》する時間でもないですが……、昨晩は思わぬ事態になりましたが、まずはよくお眠りになれたようで、このナジムも安堵《あんど》しておりますよ！　お食事も召し上がられたようですし、オアシスのご案内は、このナジムにお任せください！」

ナジムが請け合うが、周りからはすかさずブーイングが起こった。

「えー、ナジム様だけなんてずるいー！」

「私たちにもご案内させてくださいよう～」

「むむ、しかし……、しかしですぞ、このような場合、長年王家に仕えて参りました不肖このナジムが、お客様のお世話をするのが通例で……！」

「私たちもお世話したいのです！」

「どうかお願いします！」

「む、むう」

思わぬ懇願を受け、ナジムがたじろぐ。

するとラフィークが、なだめるように言った。

「では、そなたら皆に頼んでもよいか。俺はこれから、昨日の後始末をせねばならぬからな。祐介も、かまわぬか？」

「いいけど、後始末って？」

「大きな魔術を使ったときには、時空にほころびができることが多い。それが残っていると、昨日のように魔獣が入り込んできてオアシスの平安が脅かされる恐れがある。早急に閉じておかねばならないのだ」

「あ……！　魔獣って、やっぱほんとにいるんだっ？」

「日のあるうちはほとんど現れぬゆえ、まず心配はいらぬ。ではそなたたち、しばし祐介を頼むぞ？」

「承知いたしました！」

嬉しそうに返事をする獣人たちに笑みを見せて、ラフィークが城へと戻っていく。

昨日見た魔獣の姿を思い出してヒヤリとしつつも、祐介はその背を見送っていた。

「畑に到着しましたぞ、祐介様！」

「おー、ニンジンにたまねぎに、じゃがいも？　あれは、かぼちゃかな？」

「果実も豊富です！　木の実も数種類育っていますぞ」

ラフィークとわかれたあと、祐介は猫の姿のナジムと、人の姿の獣人たちに案内され、彼らの集落をのぞかせてもらった。

家々は人の姿に合わせた作りで、数軒おきに井戸があって、その周りには共同で使っているらしい炊事場やかまどがあった。

農村などで自給自足の素朴な生活を送る人々の集落、という感じだ。

大きな泉がある広場でくつろいだあと、鐘楼から見えたオアシス南部の農地を見に行くことになり、ナジムや、食材を収穫に行く獣人たちに連れられてやってきたところだ。

畑や果樹園は新鮮な野菜や果物の宝庫で、眺めているだけでちょっと楽しい気分になってくる。交代で畑仕事をしているそうだから、皆で丹精して育てたのだろう。

「ちょうど梨が食べごろです。召し上がりませんか？」

とても背の高い獣人が訊ねてきたので目を向けると、大きな木に洋梨がたくさん実っているのが見えた。

「そういえば、もう夕方なのか。小腹が減ってきたから食べてみたいけど、なってる実をとって食べたりしても、いいもんなの？」

ナジムに訊ねると、うなずいて言った。

「もちろんです。ちょうどいい、畑の皆の分もとってもらえるか？」

「お安いご用です、ナジム様」

背の高い獣人が答え、木から梨をもいで祐介に渡し、ほかの獣人たちの分も収穫していく。皆が次々に美味そうに食べ始めたから、祐介も少し離れた大きな木の下に腰かけて、皮ごとかぶりついた。

「お、甘いな！　それにすごくみずみずしい！」

「それはようございました。今年は乾燥がひどかったので、きちんと実がつくかラフィーク様も気を揉《も》んでいらっしゃいましたからねえ」

ナジムが傍に来てちょこんと座り、しみじみと言う。

「ラフィーク様が、神殿の泉からこの畑や果樹園に水を引いて、灌漑《かんがい》の装置を作ってくださったのは、四百年ほど前のことになりましょうかねえ。民が交代で様々なことをこなせるようにと、あれこれ工夫してくださったのは、王になられてすぐの頃ですから」

「……なんかもう驚かないけど、四百年とかすごいな。俺なんてまだ二十四年しか生きてないのに」

人の姿の獣人たちを見回して、祐介は訊いた。

「でも、ここの住人はみんな若そうに見えるな？」

「おお！　さすが祐介様、よくお気づきで！　このオアシスの獣人は、齢《よわい》二百歳にも満たない者が多いのです。城でラフィーク様が直接幼獣をお育てになり、その後に集落の中で暮らすのが通例になってから、まだそのくらいしか経っていませんので」

「え、じゃあ、その前はどうしてたの？　ここ以外のオアシスとか、町は？」

何気なく訊ねたら、ナジムが一瞬黙って、それから潜めた声で言った。

「このオアシスの外には、物見の要塞《ようさい》を兼ねた小さな集落が点在するほかに、ほとんど町はありません。カルナーンの民は、かつて絶滅の危機に陥っていましたので」

「えっ」

「ラフィーク様が王になられてからも、二百年ほどは危機的状況が続いていました。あの方がこのオアシスに民を集め、皆がどうにか生きていけるよう手を尽くしてくださらなかったら、今頃はもうすっかり滅びていたことでしょう。ラフィーク様は、この世界の救い主なのです！」

いたって牧歌的なオアシスの雰囲気からすると想像もつかない過去の話に、一瞬目が点になってしまった。

先ほどの食事の席でも、ラフィークからそんな話はなかった。ここへ来たばかりの祐介をあまり不安にさせたくなくて、気を使ってくれていたのだろうか。

ナジムがずいっとこちらに近寄って、真剣な声で続ける。

「ラフィーク様は、本当に素晴らしい王です！　あの方のためなら、このナジムは命を賭《と》してもよいと、必死にお仕えしてまいりました。自ら志願して人の世に番のお相手を探しに渡った回数も、数えきれぬほど。正直に申し上げて、もはや見つからぬかと諦《あきら》めかけたこともございましたとも！」

「お、おう？」

「ですが！　今は諦めなくてよかったと心から思っております！　なぜならあなた様を、約束の番であるあなたを見つけたからです、祐介様！　このナジム、こんなにも嬉しく思ったことはございません！」

「や、ちょっと、落ち着いて？」

ナジムが黒い毛を逆立てそうなほどに興奮した様子で迫ってきたから、圧倒されそうになる。

約束の番、というのはラフィークも言っていたが、自分がそんな仰々しい名前で呼ばれるような存在だとはやはり思えない。できるなら元の世界に帰りたいと思っているし、番になること、ひいては世継ぎを産むことを、そんなにも熱烈に求められても……。

「あ、あのさ、ナジム。俺、まだ番になることを受け入れたわけじゃないんだ」

「……なんとっ？　あんなにも熱く結び合っていたのにですかっ？」

「なっ？　あんた、もしかして見てたのかっ？」

「ラフィーク様の愛を一心に受け、体に熱い精を注がれて、ほだされぬ者などおりましょうかっ？　どうかお教えくださいませ、祐介様！　ラフィーク様のどこがお気に召さないというのですっ？」

「い、いや、気に入らないとか、そういうことじゃなくて！」

責めるみたいににじり寄られて、たじたじとなってしまう。

ナジムに黙っているよう命令しておいたラフィークは、やはり正しかったみたいだ。ここに来るまで異世界の存在すら知らなかったわけだし、この勢いで番になるよう迫られていたら、きっとラフィークと出会う前に拒絶したくなっていただろう。

ナジムがラフィークを王としてとても慕っていることは、よく伝わってくるのだけれど。

「いや、ほら、俺も一応、あっちの世界で充実した人生を送っていたわけで！」

「充実した人生、ですか。でも、確か失業なさっていましたよね？」

「うっ、そ、それは」

「好いていらした殿方も、あなた様以外のご婦人と番になって、早々にお子様をもうけていらっしゃったのでは？」

「それはっ……！　しょうがないだろ、あいつノンケなんだから！　ていうか、あの二人を番って言うのやめて？」

　妙なところに引っかかったので言い返してみたが、確かに祐介は人生の岐路に立っていたといえるかもしれない。

　でもだからといって、異世界で男の獣人と結婚して子供を産むなんて突拍子もない選択肢を、素直に選べるわけもなく――。

「……おお、ここにいらしたのですか！　ナジム様、祐介様も！」

　突然空から大きな鷲《わし》が声をかけてきたから、驚いて見上げた。ナジムが怪訝そうに訊ねる。

「そんなに慌てた声で、どうかしたのですか、エリフ？」

　鷲――エリフが、大きく旋回しながら答える。

「東のかなたに黒い砂塵《さじん》が見え始めています！　急ぎ民たちとともに城の中へと、ラフィーク様が！」

「なんと！」

ナジムがざわりと毛を逆立てる。

ほかの獣人たちも警戒するような動きをしだしたから、何か問題が起き始めているようだとわかったが、いったい……？

「まもなく日没です！　どうかお急ぎを！」

エリフが告げて、ひらりと城のほうに飛んでいく。ナジムが鋭い声で告げる。

「皆、聞いたとおりだ！　集落に戻って住民たちの誘導を頼む！」

ナジムの一声に、獣人たちが一斉に動き出した。

わけがわからずにいる祐介に、ナジムが言う。

「祐介様は私と城へ！」

「何っ？　何が起こってんのっ？」

駆け出したナジムに慌ててついていきながら訊ねたら、ナジムが短く言った。

「魔獣の群れが近づいてきているのです。城に避難しなくては危険です！」

「ええっ！」

昨日の化け物が群れでやってくるなんて、考えただけでゾッとする。

城への坂道をナジムについて駆け上がっていくと、避難をうながすためにか鐘楼の鐘が鳴っていて、集落のほうから続々と動物たちが避難してくるのが見えた。

（みんな、獣の姿になってる……！）

虎にチーター、狐やジャッカル、キリンに馬に山羊に羊。

その足元には兎や犬、リスや猫。空にはカラフルな鳥たち。

じきに日が暮れるからか、先ほどまで人の姿をしていた獣人たちは皆獣の姿になっていて、順に門から城に入っていく。祐介もあとについて入り、エントランスを抜けると、回廊からその横手にある会堂まで、すでに動物たちでいっぱいだった。

「祐介様は寝室へ！」

ナジムに言われ、庭を通って建物の奥へと進む。城で暮らす幼獣や子供たちもこうした事態に慣れているのか、誘導に従ってひょこひょこと屋内に入っていく。

でも、城の主のラフィークはどうしているのか。

「ナジム、ラフィークは？」

姿が見えないので訊ねたけれど、聞こえなかったのかナジムは答えない。

寝室にも彼はいなかった。いったいどこに……？

「……日没です！　奴らが来ます！」

城の外から、鋭く告げる声がする。窓から外に目をやると、まだ明るい空に鷲が何羽か飛んでいるのが見えた。先ほどのエリフもいるようだ。

砂漠に目を移した瞬間、東のほうからひゅう、と生臭い風が吹いてきた。

「え……、もしかしてあの黒っぽいの、魔獣が立ててる砂埃《すなぼこり》っ？」

「はい。見た感じ三十四はいますね。おそらく、あなた様をお迎えに上がったときにできた時空のほころびのために、魔術による防壁が薄くなっていたのでしょう。これだけの数が防壁を突破して一度に攻め込んでくるのは、久しくなかったことです」

ナジムがオアシスを取り囲む石壁のむこう、暗くなり始めた砂漠を見据えて言う。

近づいてくるに従って黒い砂埃は大きくなり、やがて一つ一つの個体が見分けられるようになってきた。

足の速い四つ足の獣。確かにかなりの数だ。大群で壁に突進されたらオアシスの中にまで侵入されてしまうのではと、おののいた瞬間。

「オォオオウ――――！」

低く獣の咆哮《ほうこう》が響いたと思ったら、魔獣の群れに向かってカッと稲妻が走った。

雷でも落ちたのか、群れがざっと二つにわかれたが、そのおのおのの先頭にまた稲妻が走り、全体が押し戻される。

獣の咆哮とともに光っているようだが、あれはいったいなんなのだろうか。

「あれは、ラフィーク様のお声です。あの方はあそこにいらっしゃいます」

「はっ？」

「あの稲妻は、ラフィーク様が魔獣を仕留め、冥府へと送ったときに見える閃光《せんこう》です。あの方は今、たった一人で魔獣の群れと戦っておいでなのです」

先ほどの祐介の質問に答えるように、ナジムが言う。

その口調はいつになく重い。あの数を相手に、ラフィークがたった一人でっ……？

「そんなっ……！　なんで誰も援護に行かないんだよっ？」

「足手まといになるだけだからです。民は魔獣の穢れに触れると呪われて動けなくなってしまうので。魔獣退治は王族にしかできません。そして今、このカルナーンでそれができるのは、現状ただ一人の王族であらせられる、ラフィーク様だけなのです」

「……ただ一人の、王族……？」

思いがけぬ事実を聞かされ、驚いてしまう。

そんなこと、ラフィークはひと言も――。

(もしかして、だから世継ぎが必要なのかっ？)

魔獣に脅かされるリスクを冒してでも、人の世界から番を求め、王族の血を受け継ぐ子供を産んでほしいと望む理由。

それが祐介が想像していたよりもずっと切実だったことを知って、心がざわつく。

ときおりカッと光る砂漠を、祐介は目を離すこともできずに見ていた。

「ラフィーク！　あんた大丈夫なのかっ？」

「……祐介？　そなた、どうしてここに……？」

ラフィークが魔獣を十数頭ほど退治し、残りが追い払われて撤退していったのは、それから半時ほどあとのことで、やがて例の生臭い風もやんだ。

黒豹の姿のラフィークがオアシスの中に戻り、そのまま畑の奥の神殿へと歩いていくのが城の鐘楼から見えたから、祐介は無事を確かめたくて駆けつけた。

ナジムが言うには、魔獣の穢れを洗い流せるのは神殿に湧き出る霊力の泉の水だけらしく、ラフィークは獣の姿のまま、大きな浴槽のような泉の中に身を沈めていた。

無事に戻ってきてくれて思いのほかほっとしたのか、ほんの少し泣きそうになっている祐介に、ラフィークが安心させるように告げる。

「俺は何も問題ないぞ、祐介。あの程度の魔獣、ものの数ではないからな」

「でもナジムが、あんなにたくさん襲ってきたのは久しぶりだって」

「それは確かに。防壁の穴が大きかったのでな」

ラフィークが言って、獣の頭をもたげる。

そのまますると、まるで毛皮を脱ぎ捨てるみたいに人の姿に変身すると。

「――――！　あんた、怪我してるじゃないか！」

泉からのぞくラフィークの褐色の上半身にいくつもの擦り傷があり、胸やわき腹には鋭く引っかかれたような裂傷があったから、祐介は叫んだ。

だが思わず水際まで駆け寄っても、ラフィークはひょうひょうとした顔で言った。

「ふむ、そうだな。今宵は少々不覚をとってしまった」

「のんきなこと言ってないで、早く手当てしないと！」

「はは、この程度ならすぐに治る。祐介、もしや俺を心配してくれているのか？」

ラフィークが笑みを見せて言って、傷にそっと指を這《は》わせる。

すると真っ赤な裂け目がすっと閉じ、みみず腫《ば》れ程度の痕になったから、あんぐりと口を開けてしまった。肉が抉れてまくれ上がっているようにすら見えたのに。

「……すごいな。それも、魔術？」

「そうだ。昨日の三毛猫もこうして治した」

ラフィークが言って、ふう、と一つため息をつく。

「ともあれ、時空のほころびは塞いだ。このオアシスと周辺を広く取り囲む防壁の中に、もう魔獣はおらぬ。しばらくは穏やかに暮らせるはずだ。そなたも安心してくれていい」

「安心、っていっても……」

しばらくは、というからには、これで終わりではないということだ。またああいうことがあるたび、オアシスには緊張が走るのだろう。

ここはずっとそういう世界だったのだろうか。そしてこれからも……？

ラフィークを見つめて、祐介は訊いた。

「なあ、ラフィーク。あんたはいつも……、ていうかこれからも、あんなのを相手にしなきゃならないのか？」

「祐介……？」

「この世界で魔獣と戦えるのは王族だけで、それは今、あんただけなんだろ？　もしかしてみんなが俺にあんたの番になってほしいって期待してるのって、あれと戦える王族をもっと増やしたいから？」

浮かんだ疑問を次々ぶつけると、ラフィークが驚いたように目を見開いた。

それからああ、と納得したみたいに言う。

「ナジムにこの世界のことを聞いたのか。ほかにどんな話を？」

「どんなって……、ええと、獣人が絶滅寸前だったとか、このオアシスの外にはほとんど町はないとか」

「そのような事態に陥った理由については？」

「それは、聞いてないけど。でも俺に子供産んでほしいと思ってるなら、そういう事情は話してくれててもよかったんじゃない？」

「ふむ、そうだな。そなたの言うとおりだ」

そう言ってラフィークが、すまなそうに続ける。

「時間をかけて、きちんと話をしようと思っていた。意図せずここに来たそなたをあまり怯《おび》えさせたくなかっただけで、隠していたわけではないのだが……、それも何か言い訳じみているな」

ラフィークがうなずき、こちらを見つめて言う。

「黙っていて申し訳なかった。どうか、許してほしい」

真っ直《す》ぐな謝罪の言葉。

ラフィークの声と表情からは、彼の誠実さが伝わってくる。

でも、別に責めたかったわけじゃない。祐介は首を横に振って言った。

「いや、いいんだ。俺、怒ってるわけじゃないし。謝ってくれなくていいよ？」

「そう言ってくれるなら、ありがたいが」

ラフィークが言って、くるりと泉の周りを見回す。

泉の反対側に置かれた小さな台に、体を拭《ふ》くためのリネンと衣服がたたんで置いてあるのが見えたから、祐介はさっと泉を回り込んでそれを取り、ラフィークにリネンを手渡した。

「ありがとう、祐介。日が落ちてから、人の姿をした誰かにこうして手渡してもらえるのは、久しぶりだ」

ラフィークが少し嬉しそうな顔でリネンを受け取って、体を拭《ぬぐ》いながら泉から上がる。

そういえば、民が人の姿でいられるのは昼間だけだと、ラフィークは言っていた。

だが城やこの神殿、民が暮らす集落の家の様式はもちろん、畑や果樹園で育てた食べ物を調理して食べる生活も、全部人の姿で暮らすことを前提にでき上がっているように思える。夜は獣の姿でしかいられないのなら、不便なことも多いのではないか。

(あれにも、何か理由があるのかな?)

自在に変身できるのは今は王族だけだと言っていたし、最初からそうだったわけではないのだろうか。もしも何かのきっかけでそうなったのなら、その理由を知りたい。この世界のことをもっとちゃんと知りたいと、そんな気持ちになってくる。

ラフィークが体を拭き終わったところで、祐介は衣服を渡しながら訊いた。

「ラフィーク、あんたは昨日、俺を子産みの道具に貶めたくはない、って言ってたよな?」

「ああ。その言葉に偽りはないぞ?」

「うん、わかってる。番になるかどうかはまだわからないけど、俺はそれ、信じるよ。だからもっとちゃんと、この世界のことを教えてくれない?」

正直な気持ちを話すと、ラフィークが意外そうな顔をしてまじまじとこちらを見つめた。

やがてその精悍な顔に、笑みが浮かぶ。

「信じる、か。嬉しい言葉だ。そなたは心の強い人間なのだな?」

「そんなことも、ないと思うけど」

「俺は王として、そなたの信頼に応えると約束する。明日、そなたを都に連れていこう」

「都……？」

問い返した祐介に、ラフィークがうなずく。

「古の時代から一度として遷都したことのない、カルナーンの王都だ。もっとも今は、廃《はい》墟《きょ》だがな」


「祐介様、お暑くないですか？」

祐介を背中に乗せ、砂漠をゆっくりと歩くラクダの姿の獣人に訊ねられて、祐介は揺れる声で答えた。

「んー、なんとか大丈夫」

「その砂丘を越えれば都の外壁が見えてきますよ。もうすぐです」

今朝、祐介はまだ暗い時間にラフィークに起こされた。

そして、カルナーンで獣人が人の姿になっているときに身にまとう、丈の長い貫頭衣とズボンを身につけ、ラクダの背に乗って、カルナーンの王都ラカンに向かい出発した。

先頭にラフィークを乗せたラクダ、祐介は二番手で、その後ろには水や食料を積んだラクダが二頭続いている。

オアシスを出てしばらくして日が昇り、じりじりと気温が高くなる中を三時間ほど進んでいるが、風があるのでそこまで暑くはなかった。

ただ恐ろしく空気が乾燥していて、頭や顔を覆うヘッドスカーフをかぶっていても、目や鼻がひりひりと乾いてくる感じがする。

一歩砂漠に出ると、水が豊富なオアシスとはまるで別世界のようだった。

「見えてきたぞ、祐介。あれが王都だ」

前を行くラフィークが、砂丘の上から振り返って告げる。

祐介のラクダもあとに続くと。

「……おおー……。すごいな。あれ、幻じゃなくて本物なんだよな……？」

横に長く広がる、砂よりも少しだけ明るいベージュ色の壁。

いわゆる城塞《じょうさい》都市なのだろうか。石造りの堅牢《けんろう》そうな建物が林立しているのが見える。

その真ん中には、ひときわ高くて太い四本の塔に四隅を支えられた宮殿のようなものが建っていて、ドーム状の丸い屋根がついている。

祐介がイメージする砂漠の古代都市そのものみたいな光景に、なんだか少し心が躍る。

だがラクダに乗って近づいていくと、遠くから見るのとは様子が違うことに気づいた。

町を囲む壁にはあちこちひびが入っていて、壁の上の通路や建物の屋根には砂が積もっている。人けも動物の気配もなく、風の音以外物音一つしない。

王都の中へと続く大きな門の前まで来たところで、祐介は思わず言った。

「……本当に、誰も住んでないんだな、ここ！」

「ああ、そうだ。流れ者や隠遁者《いんとんしゃ》が住み着いていたこともあったようだが、水がなくては何ものも生きてはゆけぬからな」

「水が……？」

門をくぐり、中に入っていく。

旅のラクダのための水場や、旅人のためと思《おぼ》しき泉や洗い場があるが、どちらも水はなく、朽ち果てている。

廃墟と化した建物の間を通り抜け、石畳の広場のような場所に進んでいくと、そこにも大きな泉の跡があったが、降り積もった砂でいっぱいで、水気はまったくなかった。

見ているだけで喉が渇いてくる。

「確かに、水、ないな。涸《か》れちゃったのか？」

「かつてここには地下水脈が通っていて、カルナーンでもっとも大きなオアシス都市だった。だが今から八百年ほど前、俺の数代前の王の治世から徐々に水脈が涸れ始め、やがて都市を維持することが難しくなるほどの水不足に陥った」

ラフィークがラクダをさらに町の奥へと進めながら、憂うように言う。

「だがそれは王都だけの、水脈だけの話ではなかった。カルナーンには、以前は雨季と乾季が交互にやってきていたが、次第に雨季が短くなった。そのせいであらゆる場所で水が不足し、辺縁地域は荒れ野となって、穢れた魔獣が生まれるようになった。獣人の数の減少と入れ替わるようにその数が増えていったのだ」

そう言ってラフィークが言葉を切り、眉を顰《ひそ》めて告げる。

「今ではもう雨季は巡ってこなくなり、雨もほとんど降らない。そして俺が治めるあのオアシスと、かろうじて湧き水が出る場所に点在する近隣のいくつかの小さな集落にしか、民はいない。環境の悪化のせいで、獣人が住める場所が失われてしまったからだ」

「そんな……」

思いがけず知らされた深刻な話に、動揺してしまう。

オアシスには多くの民がいて、城では幼獣がたくさん育てられている。水も豊富で作物もよく育っているというのに、一歩外に出たら、そんなにも荒廃した世界だったなんて。

「で、でも、魔力ってやつは？　王族のあんたなら、なんとかできるんじゃないの？」

「俺一人の力ではどうにもならぬよ。魔力にも限りがあって、今はその大半をオアシスを守る防壁の維持に回さねばならぬからな。実のところ、民たちが夜の時間を獣の姿で過ごさねばならないのは、人の姿に変身するための魔力が足りていないからなのだ」

「あ……、あれってやっぱり、普通の状態じゃなかったんだな……？」

疑問に思っていたことが一つ解けたけれど、やはりラフィーク以外王族がいないことが、この世界の問題の根なのだろうか。

「それに、魔力は空と大地が与えてくれる霊力によって作られるのだ。現状、その供給が減る可能性はあっても、増えることはない。そもそも水不足を引き起こしているのは、空と大地の怒りなのだからな」

「……っ？　怒り？　空と、大地の？」

「歴代の王の怠惰と傲慢《ごうまん》を嘆いた空と大地が、我ら獣人に試練を与えた。それが水不足の理由なのだ」

試練を与えただなんて、まるで空や大地に人格があるみたいな言い方だ。天変地異は神の怒りだ、みたいな話は、人間の世界の昔話などにもあるけれど、そういうことなのか。

「そこが王宮の入り口だ。ここからは徒歩で行く」

崩れ落ちそうな城門の前でラフィークが言って、ラクダから下りる。

祐介もあとに続き、城門をくぐると、そこにはラフィークの居城とよく似た様式の建物が続いていた。

けれど中はひどくすすけていて、調度品などもなく、とても寒々としている。天井の高い広間に祐介を導いて、ラフィークが告げる。

「ここは王の間と呼ばれる部屋だ。かつては玉座があり、戴冠《たいかん》や婚姻の儀式もここで執り行われた」

「すごく広い……、けど、今は寂しい感じだな」

「そのとおりだ。ここで王位を継承した王は、先王であった俺の兄が最後だ。というより、カルナーンの王位は形式上はまだ兄上のものなのだ。俺は言ってみれば、代理の王にすぎない」

「えっ、そうだったのっ？」

「ああ。それこそが問題を複雑にしているともいえる」

ラフィークが言って、広間を横切って奥の扉から別の部屋に入る。

朽ちたベッドが枠だけ残されている部屋、壊れたテーブルや椅子が転がっている部屋などが続き間になっているところを通り抜けると、破れたカーテンがかかっている以外何もない部屋に出た。

ラフィークがカーテンに近づき、そっと脇によけると、突然場違いなものが現れた。

「え、これって」

「何かわかるか？」

「鎧兜《よろいかぶと》だろ？　昔のお侍が着てた」

「そうだ。今から五百年ほど前、兄上の番となるべくこの地に連れてこられた、人間の男性がまとっていたものだ」

「へえ、前の人も日本人だったのか。……え。ていうかこれ、俺の地元の大名家のしるしがついてるじゃん！」

兜に刻まれた特徴的な四角い形の家紋に見覚えがあったから、祐介は目を丸くした。

祐介が生まれ育った町は、いくらか名の知れた戦国武将のお膝元だ。

ここにあるものとよく似た、赤や黒や金の色合いが鮮やかな鎧兜を、祐介は子供の頃に遠足で行った歴史資料館で見たことがある。地元のお祭りや町おこしなどのイベントがあれば、この家紋の入ったのぼりや旗が立てられていた。

実家の思い出とともに忘れていた町の歴史的遺物に、こんなところで遭遇するなんて驚きだ。

「その人間の男性は、ラフィークのお兄さんの番になって、子供を産んだの？」

「……いや。残念ながら、兄上はその人間との間に子をなすことができなかった。しかも兄上は、視察に出た辺縁の町で落雷に遭って亡くなり、王族の慣習にのっとった埋葬をされなかったために、亡霊となって空と大地の間をさまよい続けることになった」

「亡霊って……！　ええと、それは魔獣とはまた違うの？」

「穢れをまき散らす魔獣とは違い、亡霊は本来、さほど力のない存在だ。だが兄上は、死者とはいえ王族だからな。穢れを取り込んで悪霊となり、魔獣たちを意のままに操るようになってしまったのだ」

ラフィークが言って、哀しげに続ける。

「兄上は、いまだ己を正当なカルナーンの王だと思っている。だから魔獣をけしかけてオアシスを襲わせるのだ。俺から王権を奪還しようとしてな」

「そんな……。王権取り戻したって、死んだ王様じゃどうしようもなくないっ？」

「俺もそう言って、何度か兄上に無益なことはやめるように説得したのだが、まったく聞く耳を持たぬのだ。ここ二百年ほどは魔獣だけを差し向け、兄上自身は姿も現さない。荒廃が進んだこの世界のどこに潜伏しているのかすらも、わからぬ有り様だ」

ラフィークが肩をすくめる。

「だが、いずれは俺も兄上と対峙《たいじ》せねばならぬ。兄を冥府へと送ることにためらいはないが、それを成し遂げたとしても、空と大地の怒りを鎮めない限り水不足は続き、やがては穢れによってオアシスまでのまれてしまうかもしれない。それがこの世界の実情だ」

愁いを帯びたラフィークの声からは、事態の深刻さが伝わってくる。

祐介にはきょうだいはいないし、実家とも何年も交流が断絶しているが、身内がそんなことになって、自分の手で成仏させてやらなきゃならないみたいなことになったら、ちょっと普通の精神状態でいられるとは思えない。

ましてや空と大地の怒りなどというよくわからないもののせいで世界が荒廃していて、獣人が暮らしづらくなっているなんて。

（ラフィークは、ずっと一人で、それを背負ってきたのか？）

ラフィークはいつも朗らかで鷹揚で、少しもそんなそぶりは見せないけれど、彼が負っている王としての責務はひどく重いものだと思える。

民を守るためにたった一人で体を張って戦い、傷ついた体を自ら治す姿も、そんな事情を知ってみれば痛ましく感じる。

どうにかして少しでも、状況を好転させることはできないのだろうか。

「……なんとか、ならないのかよ？　空と大地の怒りって、どうやったら鎮まるの？」

「そうだな……。王としての務めを果たすことで罪を贖《あがな》おうと、俺は毎日祈りを捧げ、民のためになることはなんでもしてきた。だからこそオアシスの水が涸れることもなく、どうにか暮らせているのだと、そう思ってはいるが、俺一人の魔力ではそれくらいが限界だ。俺にはこの世界を救うことはできぬのだ」

ラフィークがきっぱりとそう言って、真っ直ぐにこちらを見つめる。

「だが、それができる者もいる。それこそ、たった一声で世界の穢れを浄化し、空と大地の怒りをといて、カルナーンをかつてのような豊かで実り多き世界へと戻すことができる者がな」

「え、そうなのっ？　じゃあなんで、その人にっ……！」

言いかけて、祐介は口をつぐんだ。

ナジムはラフィークのことを救い主だと言っていたが、真の意味でこの世界を救える人は、このカルナーンにはいないのだ。

少なくとも、今はまだ。そう気づいてはっとする。

「……そっか。そんなチートな人がここにいるなら、最初からその人になんとかしてもらってるよね。じゃあもしかして、その人って……」

自分ではなさそうだというのは、なんとなくわかる。だが自分がここにいることに何か意味があるのだとすれば、それは間違いなく――。

「赤子だ。獣人同士の子供の産声にも多少その力はあるが、王族と人間の番との間に生まれるみどりご、その大いなる産声は、空と大地の祝福を得、この世の穢れや邪気を一瞬で浄化する。人の子が産んだ王族の赤子だけが、この世界を救うのだ」

ラフィークの言葉にくらくらする。

だから皆あんなにも、祐介がラフィークの番になることを望んでいる。そして世継ぎの子供を産み、この世界を救ってほしいと願っているのだ。

自分がここにいることの本当の意味を知って、祐介は絶句するほかなかった。


「ふいー、やっと戻ってこられたぞ」

その日の夕方。

廃墟の王都からオアシスに戻り、城の寝室に帰ってきたところで、祐介は大きなため息をついてベッドに体を投げ出した。

水場で体を洗ってとてもさっぱりしたが、ラクダで砂漠を旅するのは初めてだったので、尻が少しばかり痛い。ラフィークは慣れだと言っていたし、ラクダと話しながらの旅も楽しかったけれど、移動の手段がほかにないのはなかなかつらい。

ここは車や電車のない世界なのだと改めて感じていると、祐介が戻ったのに気づいたのか、例の二頭のライオンの子供たちがひょこひょこと部屋に入ってきて、ぽんと勢いよくベッドの上に乗ってきた。

「どうした、にんげん？」

「げんきがないぞ？　はらがへっているのか？」

「んー、そうじゃないんだけど……、あ、俺の名前は祐介ね！　おまえたちの名前、聞いてなかったたな？　なんて呼んだらいい？」

「メル」

「ナル」

丸い目をこちらに向けてそれぞれに名乗るが、正直見分けはつかない。

でもとても可愛いし、近くに来られると腹のあたりを触りたくなってしまう。

祐介は思わず言った。

「あのさ、俺、腹は減ってないんだけど、いろいろあって心がお疲れ気味でさ。今、ものすごくメルとナルのお腹をモフりたい気分なんだよね」

「いいぞ」

「さわっていいぞ」

「マジか！　わー……」

メルとナルがコロンと腹を見せて転がったので、ありがたく両手で腹を撫でる。

ふわふわして温かい腹の感触に心が癒《いや》される。調子に乗って両腕で抱きついて二頭の間に顔を埋《うず》めても、嫌がられることもなかった。

「んー、気持ちいい。ずっとこうしていたい……」

「ゆうすけ、げんきでたか？」

「うん、ありがとー。でも、なんだかなぁ。まさかこんなことになるなんてなぁ」

ラフィークから聞かされたこの世界の事情がどうにもシビアだったから、いろいろと考えてしまう。

もしも祐介が番になることを受け入れず、元の世界に帰ってしまったら。

この世界の問題は解決されないまま、また次の番候補を待つことになるのだろうか。

その間、オアシスで暮らす獣人たち、そしてこの城で保護されている幼獣たちは、ずっと魔獣の襲撃に怯えて生きることになるのか。

それをわかっていて断るなんて、なんだか冷酷な気がする。自分一人では世界を救えないと、ラフィークにも言われているのに。

「はあ、重い！　重すぎる！」

「どうした、祐介？　何が重いのだ？」

「あっ……」

ラフィークが部屋に入ってきたので、慌てて起き上がる。

紅茶ポットとカップ、それに焼き菓子が乗った綺麗な盆を持って彼がこちらにやってくると、メルとナルがさっとベッドから下りた。

ベッド脇のテーブルに盆を置いて、ラフィークがメルとナルに言う。

「庭におまえたちの好きな林檎を出しておいたぞ」

「りんご、たべる！」

「たべる！」

メルとナルがいそいそとテラスのほうに駆けていく。

ベッドに腰かけて、ラフィークが言った。

「一日外にいて疲れただろう。この焼き菓子は木の実がたっぷりと入っている。疲労の回復にはとてもよいぞ？」

「あ、うん。ありがとう。いただきます……」

気づかってくれているのだと少し嬉しくなって、焼き菓子をぱくりと口にする。

パウンドケーキみたいな味だが、卵や牛乳を使っていないからか、味わいはさっぱりしている。紅茶をカップに注ぎながら、ラフィークが訊いてくる。

「重い、というのは、心が、という話か？」

「……あー、まあね。ちゃんと話聞いちゃったら、さすがにね」

「祐介、そなた……」

「あ！　でも知りたいって言ったのは俺だし、教えてもらえてよかったって思ってる。俺の気持ちの問題だから、そこは気にしないで？」

祐介は言って、少し考えてから続ける。

「とはいっても、やっぱ悩むよね。だって俺が番を引き受けて子供を産むかどうかに、カルナーンの未来がかかってるってことだろ？　本当に責任重大すぎるっていうか」

「ああ、わかっているとも。だからこそ俺は、あくまでそなたの意思を尊重したい。無理強いはしたくないのだ」

ラフィークがなだめるみたいに言う。

「兄上が子をなせなかったのは、あの鎧兜の持ち主であった人間——左之助《さのすけ》という名であったが、彼に無理に言うことを聞かせようとしたせいだ。俺はそんなことはせぬ」

「まあ、あんたがそんなことしないだろうってのは、信じてるけど」

「決断を迫られることそのものが重いと、そなたがそう感じるのも当然だ。だが意図せずこちらの世界に来させてしまったのだから、そなたがどのような決断を下そうと責める者などおらぬ。もちろん、この俺もな」

ラフィークが噛んで含めるみたいに言って、それから探るような目をしてこちらを見つめる。

「しかし、だ。どのみち今すぐに人の世に帰すことはできぬ。それだけはどうしようもないことなのだ。よってここは一つ、俺から提案をさせてはもらえまいか？　そなたの言に従ってな」

「……俺の？　えっ、俺なんか言ったっけっ？」

何か気を持たせるような不用意な発言をしていただろうかと思い返すが、特に記憶はない。首をかしげている祐介に、ラフィークが小さく笑って言う。

「そなた、こう言ったではないか。付き合う前に、とりあえず体の相性を確かめ合うようなな、と」

「――――あ」

「そうやって肌を合わせてみて、そなたは言ってくれたな？『ものすごくよかった』と」

「や！　言ったけど！　あれはほら、一夜の相手としてっていうあれで！」

「同じことだ。次に人の世に橋を架けることができる日まで、俺と番のように暮らしてみてほしいのだ。『とりあえず』な」

ラフィークが言って、ぐっとこちらに身を寄せ、両肩に手を置いてくる。

「俺はカルナーンの王として、全身全霊でそなたをもてなそう。そなたの身も心も、どこまでも満足させると約束する」

「身も、心も？」

「そうやってともにときを過ごして、この地や、民や、俺のことを知ってもらいたいのだ。そしてそなたがその気になったなら、俺と番になってこの地で暮らしてほしい。だがそうでなければ、人の世の元の場所に帰ればよい。どうだ？」

「え、と、つまり、あんたとお試し婚してみる、ってこと？」

言葉にするとひどく軽いが、ラフィークの提案はそういうことだろう。

しばらく元の世界に帰れないのなら、それはとても建設的な提案ではあるかもしれない。

彼に対して悪い感情はないし、何より祐介だって、健康な男子だし……。

(でも、お試しだろうとなんだろうと、とことん真面目に考えなきゃならないよな)

ラフィークは王としてとても気づかってくれているし、民たちも祐介に期待を寄せている。お試し婚なのだとしても、その先にある祐介の決断がこの世界に与える影響は大きいのだ。提案を受け入れるなら、ちゃんと答えを出さなければと、そう感じる。

祐介は少し考えて訊いた。

「……あのさ、あの鎧兜着てたお侍の……、左之助さんだっけ。その人って、結局子供産まなかったんだろ？　そのあとどんなふうに生きて、いつ亡くなったの？」

「左之助の正確な没年はわからぬ。何しろ、人の世に帰ってしまったのでな」

「え、帰ったのっ？」

「ああ。帰さなければ民の目の前で腹を掻《か》っ切って死んでやると、大いに兄上を脅してな。ナジムが人の世に渡って消息を追った限りでは、どうやら妻を娶《めと》り、子をなしたようだ」

ラフィークが言って、困ったふうに付け加える。

「兄上はかなり未練を抱いていたが、左之助は己に指一本触れさせず、床入りすらも拒んでいたくらいだから……」

「あー……、そこ拒んでたら、まあまず無理だよね」

腹を掻っ切るというのは、武士の立場なら切腹覚悟ということだろう。単なる脅しというより、自分の名誉をかけてでも断固拒絶するという、強い意志の表れだったのではないか。

それを思うと、早々にラフィークと寝てしまった自分は脈ありだと思われても仕方がないかもしれない。少しばかり忸怩《じくじ》たるものを感じながらも、祐介はさらに訊いた。

「あの、じゃあさ。王族と番になった人間は、子供を産む以外に何かするものなの？」

「ふむ、そうだな。カルナーンを治め、民を導くのは王だが、かつては王妃や王配として王の務めを分かち合い、ともに民のために働き、民を慈しんでくれた人間もいたと言われているな」

「王の務めを分かち合う、か」

ラフィーク一人でこの世界を治めているのなら、いろいろとやることがあるだろう。それなら、祐介にできることを手伝ってみるのも悪くないかもしれない。獣人たちが何か困っていることがあれば、自分が役に立つこともあるだろう。

祐介はうなずき、ラフィークに告げた。

「……わかった。じゃあ俺、あんたとお試し婚してみるよ」

「本当か？」

「うん。でも、お客さんとしてここにいるんじゃ意味がないからさ、俺にあんたの仕事を手伝わせてよ。魔力なんてないから同じことはできないけど、みんなが困ってることとかあるなら、代わりにやれるかもしれないしさ」

そう言うと、ラフィークは少し驚いたみたいな顔をした。

だが祐介の言葉に偽りはないと感じた様子で、嬉しそうに微笑む。

「そのように民のことを考えてくれるとは、俺としては嬉しい限りだ。やはりそなたは心の強い人間なのだな？」

ラフィークが言って、祐介の手を取る。

「では俺も励むとしよう。そなたに元の世界での暮らしでなく、ここで俺と生きる未来を選んでもらえるよう、毎日しっかりともてなさねばな！」

「毎日、しっかり……？　あ……？」

ラフィークがこちらを見つめたまま、祐介の手の甲にちゅっと口づけてきたから、ドキリとしてしまう。

口唇は思いのほか熱を帯び、祐介の手にぴったりと吸いついている。

目をのぞき込んでみたらキラキラと輝いていたから、さらに心拍が弾んだ。

身も心も満足させると、ラフィークはそう言った。

お試しで番のように暮らしてみるというからには、夫婦生活的なこともするのだろうともちろんわかっているが、こちらはお試しでも、ラフィークは本気で祐介を番に迎えたがっているのだ。もしかしたら毎日甘い言葉で口説かれ、体でとことんおもてなしをされてしまうかもしれない。

ということは、歴代一位ではというくらいセックスがよかった相手に、毎日抱かれることになる……？

(それはちょっと、ヤバそうじゃねっ？)

あんなセックスを毎日していたら、ナジムの言い草ではないが、それだけでほだされてしまうかもしれない。一応真剣に考えて答えを出したいと思っているのに、それではなんだか安直すぎる。

祐介はさりげなく手を引っ込めて言った。

「い、いや、そんなに気合い入れなくてもいいよ！　毎日もてなすとか、あんただって大変でしょっ？」

「何、案ずるな。そなたを悦ばせるためなら、俺は毎日何度でも……」

「き、気持ちは嬉しいけど、そこまでしてくれなくていいって！　ほら、あれするとあんただって体力も魔力も使っちゃうだろっ？　それはなんかもったいないし、だから、えっと、そうだなっ……、週一とかで、いいから！」

焦って早口でそう言うと、ラフィークがキョトンとした顔をした。

それからふふ、と小さく笑い、何気ない様子で続けた。

「そうか。俺の消耗を気づかってくれているのなら、それは嬉しいが。……ああ、そういえば、尻の痛みはどうだ？」

「え。あー、まあ、ちょっとだけ痛むかな？」

「ラクダに乗って旅をしたのは初めてだと言ったな？　どれ、腫れていないか見てやろう」

「へ？　ちょっ、う、うわあ！」

いきなりベッドの上にうつ伏せに転がされ、貫頭衣をまくり上げられてズボンを下げられたから、驚いて叫んでしまう。丸出しになった祐介の尻を眺めて、ラフィークが言う。

「……ふむ、少し熱くなっているようだな。こうして触れるとどうだ？」

「んんっ？　と、ちょっとだけ、ジンジンするけどっ」

「それはつらかろう。少し和らげてやろうか」

「っぁ、ちょ、……あれ？」

ラフィークの両手が左右の尻たぶをつかんだと思ったら、その手がヒヤリと冷たくなったから、思わず首をひねって振り返った。

大きなラフィークの手が、とても冷たくて気持ちいい。もしかして、魔術を使って手当てをしてくれている……？

「どうだ？」

「あ……、なんか気持ち、いいかも」

「それはよかった。このあたりは？」

「ひゃっ！」

尻のふくらみからわずかに腿の内側、脚の付け根との境目あたりに、ラフィークの冷たい指が触れる。

そこもラクダの鞍《くら》で少し擦れたのか、触れられるとひりっとする。

というか、あわい全体が熱くなっているような気もするけれど、そこに触れられるのはさすがに恥ずかしい。

祐介は首を横に振って言った。

「あっ、だ、大丈夫！　そっちは、へいきだし」

「そうか？　遠慮することはないのだぞ？」

「遠慮、とかじゃ……、っ、ひぁっ」

後孔に触れるか触れないか、微妙なところを指でついっと撫でられ、おかしな声が出てしまう。

手当てをしてくれているのかと思ったが、何やら雲行きが怪しい。このままいくと艶めいた雰囲気になってしまうのではないかと少しばかり焦りを覚える。指から逃れようと腰をもぞもぞと動かすと、ラフィークがふと思い出したように言った。

「祐介。そなたに今一つ、話しておかねばならぬことがある」

「え。な、何？」

微妙な場所に触られてあわあわしているところに、急に真面目な声で告げられたので、まじまじと顔を見る。祐介の尻のふくらみをやわやわと撫でながら、ラフィークが言う。

「ここで暮らすにあたり、心して聞いてほしいのだが、幼獣と人間は、この世界ではとても弱い生き物だ。魔獣の穢れにも弱く、触れられたら呪われる恐れもある。霊力の泉でも浄化できないほどに、その身の深くまでな」

「……そう、なの？」

「だからこそ幼獣たちは、この城で保護されている。そなたもなるべく安全に過ごさせてやりたいと思うのだが、そうかといって、この城に閉じ込めておくわけにもいかぬ。そうだな？」

「う、うん？　まあ、そうだね？」

「俺としてもそなたにはオアシスやその周辺を自由に動き回って、この世界のことをよく知ってほしい。ゆえに、どうだろうか。俺はそなたに、夜ごとまじないをほどこそうと思うのだが？」

「まじない、って……？　ひゃっ？」

問いかけた瞬間。いきなりラフィークが身を屈め、尻たぶにちゅっとキスを落としてきたから、裏返った声が出てしまう。

青い目をわずかに細め、低く艶麗な声で、ラフィークが言う。

「王たるこの俺の精を、そなたの身に注ぎ入れること。それこそが、そなたを守るもっとも確実な方法なのだ。夜ごとそれを行えば、そなたの守りは万全ということになる」

「は、はあっ？　それって、ほんとにっ、ン、ん……」

何やら真偽の怪しい話に、疑問を呈しようとしたが、すかさず背中に身を重ねられ、肩越しに優しく口を塞ぐみたいなキスをされた。

そういえば一昨日《おととい》、魔獣が現れる前に、精を注いだから耐性がついている、とかなんとか言っていた。王族だけが魔獣の穢れをものともせず戦える体なのだから、まったく信ぴょう性がない話だとも思えないものの……。

（それって、結局毎日ヤろうってことじゃないか？）

どうやらラフィークは、どうしてもそっちに持っていきたいみたいだ。まじないだとかもてなしだとか言って、実は体で籠絡《ろうらく》しようとしているのではないかと、そんな疑惑すら湧いてきたから、焦ってキスを逃れようとしたけれど。

「ふ、うっ、ンう」

ラフィークの口づけの甘さに、徐々に意識が揺らいでくる。

一昨日も思ったが、彼はやたらキスが上手い。舌で口腔をまさぐられ、こちらの舌に絡めて吸い立てられただけで、下腹部がムズムズと熱くなってくる。濃密なセックスの記憶も体に甦《よみがえ》ってきて、胸が激しく高鳴ってしまう。

口唇をわずかに離し、青い目で祐介を間近で見ながら、ラフィークが楽しげに告げる。

「口づけだけで鼓動が速くなったな。可愛いぞ？」

「か、わ、いいとかっ」

「ちょうどいい、このままそなたをもてなしてやろう」

「へっ？」

「何、そなたに負担はかけぬ。ただ甘く啼《な》いておればよいのだ」

「ラ、フィっ……、ちょっと、待っ、ン、ん……」

　制止しようとしたものの、肩越しにまた口づけられ、大きな手で尻をまさぐられて、背筋をしびれが駆け上がる。

　一日出かけて疲れていたはずなのに、彼に劣情を持って触れられたら、それだけで体が蕩けそうだ。

　尻のふくらみを揉みしだかれると、腹の底のほうに温かいものがこみ上げてくるのがわかる。窄まりもヒクヒクと震え、中にまで触れられることを欲してか、内筒がきゅうきゅうと収縮し出した。

　まるでラフィークとの再びの行為を、体が無意識に求めているみたいだ。

　祐介の吐息の乱れからそれを察したのか、ラフィークが後孔に触れ、柔襞をほどくようにくるくるとなぞってくる。

「ぁっ、あ、ぅうっ、ラフィ、クっ」

　制止しなければと思ったけれど、淫靡《いんび》な指の動きに、体ははしたなく感じてしまう。

　浮いた腰を持ち上げられ、恥ずかしく後孔をさらすと、ラフィークがそこに指を沈め、ゆるゆると中をかき混ぜてきた。

そうしながら祐介の貫頭衣を背中の上のほうまでまくり上げ、背筋をつっと舌で舐めてきたので、ざらりとした舌にも感じてしまい、ビクビクと上体が震える。

驚くほど悦びに素直な我が身に、自分でも呆《あき》れてしまう。

（……でも俺、誰かにこんなふうに求められるの、初めて、だし……）

ずっとノンケの男にばかり惚《ほ》れていたから、祐介には告白されて付き合った経験がなかった。こうやって熱烈に求婚され、可愛いと言われて迫られるのだって、初めてのことだ。

相手から求められるのは悪い気分ではないし、それだけで体も敏感になる。なんだか甘い夢でも見ているみたいな気持ちになってくるのだ。

もしもここが異世界でなく、相手が獣人でもなく、世界を救うために子供を産んでほしい、と言われているのでなければ、あまり悩むことなく普通に付き合っていたかもしれない。

「思いのほか柔軟だな、そなたのここは」

祐介の後ろを優しくほどきながら、ラフィークが言う。

「かりそめの間柄でも、俺はできるなら、互いにより深く快楽を享受し合い、与え合いたいと思っている。ここが俺の形を覚えてくれたら、そなたとそうなれるな？」

「……あんたの、かたち……？」

「これをするのはそなたを守るため、そしてもてなすためではあるが、むろんそれだけではない。そなたが嫌なのでなければ、俺とのまぐわいそのものを楽しんでほしいのだ。生きる喜びを嚙み締め、その滋味を味わうようにな」

「ラフィー、ク……？　……ぁ、あっ、んんっ……」

指がするりと引き抜かれ、代わりに熱くて硬い剛直をぬぷりとつながれて、ひやりと冷や汗が出た。

ラフィークのそれはやはり大きくて、本能的な恐怖を覚える。体がこの形を覚えるほど結び合うなんて、なんだか怖い気もするけれど。

(生きる喜びを、感じたいのかな、ラフィークは……？)

空と大地の怒りと、亡霊となった先王に常に脅かされる、オアシスでの暮らし。

現代日本で生まれ育った祐介は、今までそんな場所に身を置いたことはなかった。

だがもしかしたら、こういうところでは日々生きていることを確かめたくなるのかもしれない。つかの間誰かと肌を寄せ合い、悦びに身を任せることで、生きていることを実感し合うのは、別におかしなことでもなんでもないだろう。

(俺も、生きてるって感じていたいな)

食べたり寝起きしたり、それだけでも自分がこの世界でちゃんと生きているんだと確かめることはできる。

けれど、自分を求めてくれる誰かと快楽を共有し合うのは、それを確かめるのには一番の方法だ。ほんの一瞬でも一人じゃないと思えるのも、生きる喜びの一つなのだから。

こういうのを、人によっては思考停止とかいうのかもしれない。

でも今はまだ何も決められないし、単純にこの世界で、安らぎや慰めを求めたい気持ちもある。これからしばらくの間、祐介がこの世界でどうにか暮らしていかなければならないのは、まぎれもない事実なのだから……。

「動くぞ、祐介。存分に悦びに耽溺するがよい」

「ん、ぁ、あっ――――」

背後から祐介を深く貫いたラフィークが、ゆっくりと腰を使い始める。

祐介は思考を手放して、律動に身を任せていた。


それから半月ほどが経ったとある日の、早朝のこと。

「おはようございます、祐介様！」

「おはようございますー！」

「……おはよう～。みんなちゃんと早起きして、えらいな」

まだ眠い目を擦りながら、祐介は獣人たちの集落にある共同の炊事場の一つに顔を出した。

そこには人の姿の獣人の男女が五人ほどいて、巨大な鍋《なべ》をかき回したりパンだねをこねたり、果実を搾ってフレッシュジュースを作ったりしている。

集落の家々を班分けしたグループごとに、毎日当番の獣人たちが交代で、複数の家の食事をまとめて作ることになっているのだ。

朝は日の出とともに動き出して一日分のパンを一度に焼くので、一番忙しい。

「何か手伝うことある？」

「ここは大丈夫ですが、畑の向かいのバラクのところ、奥さんのキトが身重で動きづらくなって、手が足りてないって言ってました」

「わかった、行ってみるよ」

祐介は言って、炊事場をあとにした。集落の真ん中を貫く道を歩いていくと、点在する炊事場のあちこちから、食べ物を煮炊きするいい匂いがしてきた。

すでにパン焼き窯《がま》でパンを焼き始めているところもあるようで、ぷんと香ばしい匂いもしてくる。

（ラフィークも、もう朝の祈りを始めてるみたいだな）

畑のむこうの神殿に目を向けると、入り口にランプの明かりがともっているのが見えた。

祐介はあれから毎晩ラフィークと同じベッドで寝て、「まじないをほどこされて」いるのだが、彼がいつ起き出しているのか、今もってよくわからない。朝の祈りはかなり暗いうちから始めるらしいので、いつも祐介を起こさぬよう、そっと抜け出しているようだ。

神殿のドーム状の屋根からは、虹色の湯気のようなものがふわふわと立ち上り、早朝の空に大きく広がっていくのがうっすら見える。

泉から湧き上がる霊力を魔力に変えて空へと流し、この世界全体に広げていると、ラフィークが前に言っていたから、もしかしたらあれが魔力とやらなのかもしれない。

「おはよー。手伝いにきたぞ！」

「祐介様！　キト、お義母《かあ》さん、祐介様だぞ！」

「おやまあ！　いらしてくださって助かりますよ！」

炊事場にいた人の姿の年若い男性――バラクと、やや高齢の女性が祐介に告げる。

二人が果物や野菜を刻んでいる脇で、同じく人の姿のキトと呼ばれた身重の女性がパンだねをちぎって丸めているが、お腹が大きいせいか座っていてもしんどそうだ。祐介は傍に行って言った。

「俺やるから、楽にしてて。獣の姿のほうが楽なら、そうしてたらいいよ」

「まあ、本当に恐れ入ります」

ふう、と小さくため息をついて、キトが部屋の隅へ行く。そして床に屈み込んだと思ったら、次の瞬間には獣の姿になっていた。

彼女は黄に黒のぶち模様のチーターで、バラクはその夫、高齢の女性はキトの母親だ。

パンだねを丸めて順に鉄板に乗せながら、祐介は訊いた。

「赤ちゃん生まれるの、いつ頃の予定だっけ？」

「そうですねえ、次の満月の頃ではないかと思いますわ」

チーターの姿のキトが言って、まとっていた服からシュルッと抜け出し、腹をかばうように身を横たえる。キトの母親がふと思いついたように言う。

「そうだ。祐介様に赤ん坊を取り上げてもらったらどうだい？」

「おお、それは素晴らしいですね！」

「そうね！　祐介様、お願いしてもよろしいですか？」

三人にそう言われて、祐介は問い返した。

「え、と？　それって俺にできることなのかな？」

「難しいことはありません。霊力の泉の水を沸かしたお湯で、赤ん坊を沐浴《もくよく》させるのです。この集落の中でお産があると、いつもラフィーク様がしてくださっていますが、せっかくこの世界にいらしてくださったのですから、人間の祐介様にぜひお願いしたいです」

「へえ、獣の赤ちゃんの沐浴か。ちょっと興味あるな。ラフィークに訊いてみようかな」

祐介が言うと、バラクがうなずいて言った。

「それがようございます。祐介様のときにも、役に立つことだと思いますし」

「や、俺はまだ、どうなるかわからないけど！」

「むろん承知しておりますとも。ですがこうして民のために尽くしてくださる祐介様を見ていると、皆思うのです。空と大地への、ラフィーク様の長年の献身が報われるときが、ようやく来たのだなと！」

バラクが目を輝かせて言う。

祐介がラフィークの「お試しの番」として過ごしていることは、すでに民にも知られているが、彼らはもうすっかり祐介を王の番として見ていて、祐介の腹から王の世継ぎが生まれることをほんの少しも疑っていない。人間の世界だったら、ちょっとプレッシャーを感じてしまいそうな雰囲気だ。

だが、この世界の窮状を知っているだけに、彼らの期待が大きいのは仕方のないことだと思える。例の鎧兜をまとっていた左之助という男性が人の世に帰ってしまってから、もう五百年以上も番候補が現れていなかったのだから。

「あなた様がこうしてここにとどまってくださっていることそのものが、私たちカルナーンの民にとってはありがたいことです。ずっとラフィーク様だけに、重荷を背負っていただいていたようなものなのですから」

「……そっか。みんなも、そう思ってたんだな？」

ラフィークの仕事を手伝いたいと申し出てはみたが、ラフィークが毎日民やカルナーンのためにしていることのあまりの多さに、祐介は少々驚かされている。

城で養育しているまだ人間の食べ物を食べられない幼獣たちのために、毎朝新鮮な果実や野菜を収穫して日に数回食べさせること。

集落を回っての炊事の手伝いや、織物を織って寝具や衣服その他に仕立てる作業の諸々《もろもろ》。家を建てる手伝いや修繕、井戸や泉、畑や道の整備などなど。

集落を維持するための仕事は多種多様にあって、ラフィークはそのすべてで民をサポートしている。

王の務めとして、毎日の朝夕の神殿での祈りは絶対に欠かさないし、オアシスの近隣に点在するいくつかの小さな集落の見回りもまめにして、先日のような魔獣の襲撃への備えも怠らない。

つまりラフィークは、毎日ほぼ一日中何かしら動き回っているのだ。それが王たる者の務めだとラフィークはこともなげに言うし、実際彼がとんでもなくタフなのは、夜のベッドで身を以《もっ》て体験してもいるのだが。

「ラフィークって、もうずっとああなの？　ちょっとサボってお休みしたり、ゆっくり過ごしてたりすることって、なかった？」

「そうですねぇ、民には無理せず休息をとれと言ってくれますけど、ご自身は……」

「いつも皆のために何かなさってますねぇ。少なくとも、俺たちが知る限りでは」

若い夫婦がそう言ってうなずき合う。母親が困ったふうに言う。

「まあ私ら年寄りでも、あまり昔のことは知らないんですがね？　先王様の分もご自分が尽くさなくてはと、ずっとそう仰《おつしや》ってるんですよ。私の母が子供の時分にはまだ先王様がご存命でいらして、伝え聞いたところでは、あまり民をかえりみない方だったとかで」

「先王様っていうのは、ラフィークのお兄さんのことかな？」

祐介が問いかけると、母親がうなずいた。

「はい。兄王様にお子ができず、ほかの王族の方たちも次々とお亡くなりになって、終《しま》いにはラフィーク様お一人になられて。あの方はそれを空と大地の怒りを招いたせいだと仰って、ご自身の罪とお感じになっていらっしゃるのです」

「空と大地の怒りの話は、俺も聞いたよ。でも、それってラフィークのせいじゃなくないか？」

「王族のお一人として、他人事《ひとごと》ではないとお思いなのでしょう。歴代王族の罪をひたすらに償うことが、ただ一人の王族として、あの方自身の務めであるとお考えなのです」

「それだけ民のことを愛し、心から想ってくださっているのでしょう。あの方は、どこまでも王族として純粋なのだと思います。民は皆、あの方を心から尊敬しております」

バラクがしみじみと言う。

純粋、というのはなんとなくわかる。ラフィークは気負ったり何か考えてそうするというより、ごく自然に体が動いて、結果として皆のために動いているように見える。

ある意味、生まれながらの統治者なのかもしれない。

でも、何事も行きすぎると知らないうちに疲れが溜《た》まってしまうものだ。今まではそれで上手くいっていたとしても、これからもそうとは限らない。

祐介が番になるならないにかかわらず、ラフィークの負担はなるべく減らしてやる方向で、皆でいろいろと工夫していくほうがいいのではと、そんな気がする。

「……うぅ」

不意にキトが、小さくうなった。するとバラクがそれに気づき、手を拭ってキトの傍に屈んで、毛皮に覆われた腰のあたりを人の姿の手のひらでそっとさすり出した。

当たり前に妻を思いやる夫の姿を見ていたら、祐介はふと思い至った。

「……あのさ。夫婦って、子供を作ったり暮らしのあれこれを一緒にしたりってだけじゃなくて、相手が大変そうなときには、優しく寄り添ってあげたりするものだよね？」

「自分は、そうありたいと思っていますね」

「私も、できることはしてあげたいです」

夫婦が答えると、母親がうなずいて言った。

「私と主人もそうでしたねえ！」

「そっか。やっぱ、そういうもんだよな？」

三人の返答にうなずいて、自分の記憶を振り返る。

家出同然に出てきてしまった実家の両親は、お互いに相手への不満を言い募って折れようとせず、いさかいばかりしている夫婦だったのを覚えている。子供から見ても関係が冷え切っているように思えた。

だから祐介は、小学校の終わりの頃に祖母が亡くなるまで、近所の祖母の家にばかり入り浸っていた。祖父は祐介が物心つくよりも前に亡くなっていて、祖母は庭が広い一軒家で野菜や果物を育てて、おひとり様のスローライフを送っていたのだ。

そんな環境だったので、祐介は円満な夫婦関係というのがどういうものか、想像するしかないのだったが、少なくとも、子供がいればいいというものではなさそうだというのはわかる。

月並みだが、大変なときは助け合い、つらいときは支え合って、いかにして温かい関係を築いていけるか、というのが重要なところだろう。こちらが受け取るばかりでなく、こちらからも与えたいという気持ちも大切かもしれない。

(俺がしてあげられることって、なんだろうな?)

何しろラフィークは、魔力も操れるこの世界の王様だ。これといった能力があるわけでもない、ごく平凡な人間の男の自分ができることなど限られている。

それでも、番になったらずっと伴侶として生きていくわけで、自分に何ができるのかということは、お試しの番である今からでも考えておくべきではないか。

そんなことを思っているうち、鉄板にパンだねを並べ終えた。

熱くなっているパン焼き窯にそれを入れてから、かまどに鍋を据え、刻まれた野菜と水を入れて煮始めたところで、炊事場の戸口に三人の獣人の男女がやってきた。

「祐介様！　おはようございます！」

「お手伝いをしていただいていたのですね！　ありがとうございます！」

どうやら、交代要員が来たようだ。

ほかに手の足りていない炊事場がないか訊いてから、祐介は外へと出ていった。


「……うーん、ばあちゃんが作ってたのとちょっと違うけど、こんな感じでいいのかなぁ？」

その日の午後のこと。

城の中にある厨房《ちゅうぼう》で、粗熱が取れた鍋をのぞき込みながら、祐介は独り言《ご》ちた。

今朝はあのあと、いくつかの炊事場の手伝いをして、戻ってラフィークと朝食をとった。

ラフィークはその後すぐにオアシスから少し離れた場所にある山に岩塩を取りに行くとかで、祐介は午前中は留守番になった。

城で幼獣たちの毛づくろいをしたり、一緒に遊んでやったりしていたらすぐに時間が経ってしまったが、昼前に鷲のエリフが城に来て、ラフィークは別の小さな集落に寄ってから午後に戻ることになったと伝えられた。それでラフィークの代わりに祐介が、庭でかごいっぱいの野菜と果物を幼獣たちに食べさせた。

早朝から起きていてさすがに少し眠くなったので、その後幼獣たちと一緒に軽く午睡などしたのだが、ラフィークはまだ帰ってきていなかった。

「ん。味はいいかも。冷蔵庫とかあったら冷やせたけど、まあ美味《おい》しいから、いいかな?」

鍋の中身は、葡萄を砂糖とレモンの汁で煮たコンポートだ。皮から出た赤紫色に綺麗に染まって、まるで宝石みたいだ。

祐介の祖母は、庭の畑でとれた野菜や果物を保存食にするのが趣味で、コンポートもよく作っていた。手伝う代わりにたくさん味見させてくれていたのを思い出し、今思いつきで再現しただけなので、もどきと呼んだほうがいいかもしれない。

ほかにも甘いものはたくさんあったし、当時はそれほど好きでもなかったけれど、今食べるとすごく懐かしい、甘酸っぱくて好きな味だ。

(ラフィーク、こういうの好きかな?)

もしも本当に番になったなら、ラフィークに何をしてあげられるか。

朝からなんとなく考えていて、祐介は手作りのおやつ作りを思いついた。

民から見ても祐介から見ても、ラフィークが休みゼロで働いているようにしか思えないのは確かだから、甘いものでも食べてほっとくつろげる時間を作ってやろうと考えたのだ。

といっても、祐介には焼き菓子のような複雑なものは作れないし、材料も限られている。ここは果物が豊富だが、煮る習慣がないのかジャムのようなものが作られている様子はなかったので、遠い記憶をたどってコンポートを作ってみたのだ。

気に入ってくれたらいいのだが。

「おおっ？　このよき香りはなんですかなっ？」

厨房の入り口に黒猫のナジムが現れ、黒いひげをひくひくさせながら訊いてきたので、祐介は振り返って答えた。

「ラフィークにね、秘密のデザートを作ってたんだ」

「なんと！　祐介様が手ずからラフィーク様のために！　おお、このナジム、この上なく嬉しゅうございますぞ！」

何やら大げさな声でそう言って、ナジムがこちらにやってくる。

ナジムの反応からすると、ラフィークの番候補として、やっていることの方向性は間違っていなさそうだ。ナジムが調理台の脇に置いた椅子にひょいと乗ってきたから、祐介は鍋のふたを持ち上げ、鍋を傾けて中身を見せながら訊いた。

「こういう、葡萄を砂糖で煮たやつなんだけど、ラフィーク、甘いのって好きかな？」

「お、おおっ……！」

鍋をのぞき込んだナジムが、猫目を真ん丸にして感嘆の声を上げる。

「なんと美しい！　ラフィーク様もお喜びになるに違いありませんぞ！」

「だといいんだけど。ほら、ラフィークって休む間もなく働いてるだろ？　お茶の時間くらい、ゆっくりしてほしくてさ。ほんとはもうちょっと冷やせるといいんだけど」

「祐介様……、おお、なんと慈悲深いお方だ。ラフィーク様をそのように気づかってくださるとは！　このナジム、感涙にむせびそうでございます！」

「い、いや、泣くほどのことじゃ……、ていうか、猫の姿じゃ泣けなくない？」

ナジムはラフィークよりもずっと年上で、王都ラカンがまだ栄えていた頃から王族に仕えていたのだそうだ。

普段はあまり変身することがなく、いつも黒猫の姿のままなのだが、どうやらそれは、人の姿になると年寄り扱いされると思っているせいらしい。人に変身した姿は、もしかしたらおじいちゃん的な感じなのだろうか。感涙にむせぶ姿は想像もつかないが、ちょっと見てみたい気もする。

内心そんなことを思いつつ、とりあえず手作りおやつ作戦は上手くいきそうだと安堵していると、ナジムが何か思いついたみたいに言った。

「祐介様、ひらめきましたぞ！　あの方にゆるりとくつろいでいただけるよう、このナジム、精一杯お手伝いいたしましょう！」
「え、何か思いついたの？」

「必ずや祐介様の尊いお心を、ラフィーク様にお届けいたします！　どうかお任せくださいませ！」

「う、うーん、なんかこれって、完全に趣旨が違うような？」

ナジムが力強く請け合ってから、一時間ほどあとのこと。

祐介は真新しい艶やかな装束を着て、絨毯《じゅうたん》を敷いたテラスにしつらえたローテーブルの前に座り、ラフィークを待っていた。

頭上にはテラスを覆うように薄い天幕が張られており、ローテーブルの周りには花がたくさん飾られている。日が傾き始めて少し暗くなってきたからと、テラスの隅にはすでに松明《たいまつ》もともされていた。

あのあと、ナジムにすすめられて水浴びをしに行って、戻ってきたらこうなっていたのだ。浴室に用意されていたのがいつも着ている貫頭衣にズボンではなく、香を焚きしめた美しい着物みたいな装束だったので、何かおかしいなとは感じていたのだが。

（ナジムにはめられたのかな、もしかして）

おやつの時間にくつろいでもらうにしては、全体的に雰囲気がロマンチックすぎる。恋人か新婚さんならともかく、お試しの付き合いの間柄で、これはさすがにやりすぎのような気がする。

「……まあでも、氷ももらえたし、いいか」

テーブルの上の皿に目を落として、とりあえずは納得する。

この世界には冷蔵庫などはないが、城の地下には氷室があり、日照りや高温に備えて氷が常備されていた。砕いて器に入れ、葡萄のコンポートを乗せたら、ほどよく冷えてデザートらしくなった。

じきにラフィークが夕方の祈りから戻るだろうから、冷たいうちに食べてもらって……。

「……祐介……、どうしたのだ、これは？」

庭から続く階段を上ってきたラフィークが、飾り立てたテラスの様子を見て驚いた表情を見せる。

「そのように、上質な衣服まで身につけて。まるで俺が戻るのを待ち焦がれてでもいたかのようだが？」

「あー……、はは、やっぱりそう見える？　だよねぇ」

そんなつもりはなくても、やはりそういう反応になるだろう。なんとなく気恥ずかしくなって、祐介は頰を熱くしながら言った。

「や、別に変な意図はないんだけど、なんかナジムがやたら乗り気になっちゃって！　甘いものでも用意して待ってようかなって、そう思っただけなんだけど！」

「甘いもの……？」

「あ、うん。口に合うかは、わからないけど」

そう言うと、ラフィークがテーブルに目を向け、ほう、と興味深げな声を出した。

こちらにやってきて祐介の隣に座り、まじまじとコンポートを眺めて、ラフィークが訊いてくる。

「これは葡萄の粒か？」

「そう。皮を砂糖とレモン汁で煮て色を出して、それで中身を煮て色と甘みをつけてあるんだ。俺が作り方を知ってて、ここでできそうな甘いものって、これしかなかったから」

祐介の説明に、どうしてかラフィークが目を丸くする。

青い瞳をこちらに向けて、ラフィークが言う。

「……これをそなたが、俺のために……？」

「ま、まあね。ほら、あんたはいつも一日中、王としてみんなのために何かしらやってるだろ？　たまには甘いものでも食べて、ほっとくつろいでほしいなって思って」

「祐介……」

ラフィークの顔に、笑みが広がる。

「そのように思ってくれていたとは、嬉しい限りだ。果実をこうやって食すのも、俺はとても好きなのだ。かつては普通のことだったが、すたれてしまってな」

「そうだったんだ？　もしかしたらなんか違ってるかもしれないけど、よかったら食べてみて？」

「ああ、いただくとしよう」

ラフィークが言って、添えておいた木の匙《さじ》で葡萄粒をすくう。しっとりと染まった赤紫色を楽しむように眺めてから、すっと口に運んだ。

じっくり味わうみたいに目を閉じて、ラフィークがつぶやく。

「ふむ……、甘酸っぱくて、美味いな」

「そう？　よかった！」

「かつて王都では、収穫の季節になるとよく作られていた。もっと煮詰めたものをパンに添えたり、茶に入れることもあったな」

「え、それってジャムじゃん？　あったんだ、ジャム！」

毎日の食事に不満を言うつもりはないが、ここのパンはさっぱりとした薄い塩味で、スープとともに食べられている。たまにはジャムを塗った甘いパンが食べたいなと思っていたが、存在しないものだと考えていたのだ。

「兄王の治世に、いっとき砂糖を精製するのが難しかった時期があってな。煮詰めるのに

時間がかかることもあって、徐々に作られなくなったのだ。だがこうやって食べてみると、やはりよいものだな」

葡萄をさらに一粒、二粒と食べて、ラフィークが言う。

「実は幼き頃、俺には食せないものが多かったのだ。野菜のえぐみや果実の酸味が、どうにも苦手でな」

「え、意外！」

「俺は末弟であったから、あまり厳しく育てられてはいなかった。食わず嫌いを咎《とが》める者もおらず、母はそのことをとても気にしていてな。宮廷料理人にあれこれと調理法を試させて、なんとか食べさせようと試みていた。そのおかげで、今ではなんでも食せるようになったのだ」

「へえ。うちはばあちゃんがそんな感じだったなぁ。好き嫌いは人生の幅を狭めるから、とか言われていろいろ食べさせられたけど、確かにそのおかげか今はなんでも平気だな。こうやって異世界で食生活が変わっても、わりと普通に暮らせてるくらいだし！」

祐介は言って、ふと思いついたことを訊ねた。

「ラフィークのお母さんて、当たり前だけど、人間だったんだよね？」

「ああ、人間の女性だ。そなたよりも若い頃にこの世界にやってきて、俺の父の番となり、深く愛し合って、俺を含む五人の子を産んだ」

「五人もきょうだいがいたの？　あ、でも、亡くなったんだっけ。お母さんも、もう……？」

「人間だからな。俺を産んだあと、六十余年ほど生きて亡くなった。齢百歳でな」

「百歳っ！　それは、人としてはものすごいご長寿だね」

　こちらの世界で子供を産み、天寿を全うした人が実際にいるのだと知るだけで、何か少し安心する。長生きしたということは、身も心も健康に過ごせたのだろう。

　とはいえ、何百年も生きる獣人と人間とでは、寿命にだいぶ開きがある。愛し合って番になっても、だいたいは人間のほうが早く死ぬことになるのではないか。

　むろん、どんなに愛し合っていても死による別れというのは避けられないものだ。

　異世界から番を迎える慣習の下では、愛を育むのには独特の難しさがありそうな気もする。

　さらに祐介の場合は、愛のなんたるかを語れるほどの恋愛経験もなく……。

（でも、それじゃ駄目じゃん……？）

　今すぐ決めなくていいとはいっても、漫然とお試しの付き合いをするのもよくないだろう。この機会に、今までの自分を少し見つめ直してみようか。

　ラフィークの昔の話を聞いたせいか祐介はそう思い、彼が美味そうに葡萄粒を口にするのを見ながら言った。

「あのさ、俺の家ってさ、両親がものすごーく不仲だったんだよね」

「……？　番同士であるのにか？」

「え。……あー、そうか、あんたはそういう疑問が湧くわけか！　うん、でも、そういう人たちを実際に見たことがないと、そう思うかもしれないよね」

結婚しているのに、どうして仲が悪いのだろう。仲が悪いのに、どうして結婚し続けているのだろう。

それは、子供の頃には祐介も抱いていた疑問だが、やがて考えてもあまり意味がないことに気づいた。

毎日喧嘩《けんか》ばかりで愛がなくても、やめようと決めるまでは結婚生活は続くのだ。

結婚というのはそういうものだと、世の中の多くの人は内心そう思っていて、だから別れないのには何か理由を持ってきたりする。

全部あなたのためなのよ、とかなんとか。

「両親はたぶん、結婚生活が上手くいかなくなって別れようとしてたんだけど、俺ができたから離婚を思いとどまったんだと思うんだ。俺が大人になるまでは我慢しようって、そう考えてたっぽいんだよね。そういうの見てたせいで、俺は真っ直ぐな恋愛をしてこなかったのかもって、前からなんとなくそう思ってて」

祐介の言葉に、ラフィークが興味深げな顔をする。

今までこんな話を誰かとしたことも、自分の中で深く考えたこともなかった。

だが改めて振り返ってみると、自分がしてきた恋愛にはゲイだからというだけではない、家庭環境の影響も見える気がする。

話すことで考えをまとめようとするように、祐介は言葉を紡いだ。

「俺、今まで俺のこと絶対に好きにならない男ばかり、好きになってたんだ。それはどうしてなんだろうって、ちゃんと考えたことなかったんだけど……」

言いかけて、祐介はふと思い立った。

「そっか。もしかしたら、最初から逃げを打ってたのかもしれないな？」

「逃げ、とは？」

「うーん、傷つかないようにしてた、っていうのかな。誰かを好きって思っても、あとから気持ちが変わったりとか、誰かに好きって言われても、いやなところ見せたら嫌われちゃうかもとか。そういうのが怖くて、だったら片思いのほうがつらくないいんじゃないかって、無意識にそう思ってたのかも」

そう気づいてみると、自分はまともな恋愛もしたことがない未熟な人間ですと言っているみたいで、なんだか子供っぽくて恥ずかしい。

でもラフィークは、そんなふうには思わなかったみたいだ。思案げに小首をかしげて、穏やかに言う。

「傷つくことを恐れる気持ちは、誰にでもあるものであろう？　目に見える傷は治せるが、見えぬ傷はそうはいかぬ。知らぬ間にひどくなって、長く苦しむこともあるからな。心というものを持っている以上、それを守ろうとするのは当然のことではないか？」

「そう、思う……？」

「ああ。そなたがそうすることを逃げ、と呼ぶからには、己の弱さととらえているのかもしれぬが、そなたは当たり前に民の暮らしを思いやり、俺への気づかいをこのような形で示してくれる優しさを持っている。そなたは十分すぎるほど魅力的だと、俺は思うぞ？」

「そう、かな？」

ラフィークの言葉に、かあっと頬が熱くなる。

誰かに魅力的だと言われたのは初めてだ。民を思いやることやラフィークへの気づかいは、もしも番になったなら、と考えて自然に行動しただけなので、自分では優しさだとは思わなかったのだけれど。

「野生の動物は本能的な恐れで危機を回避する。人間は先を見通す力や想像力を持つがゆえに、ときにそこに逃げや弱さといった別の意味を見出してしまうが、同じ力で人を思いやり、優しさを示すこともできる。そなたの恐れは、何も恥ずべきことではないのだ」

そう言ってラフィークが、笑みを見せる。

「だが、祐介。この俺に対してだけは、何も恐れることはないぞ？　なぜなら俺は、そなたを嫌うことも心変わりをすることもない。そなたを傷つけたりはしないからだ。もしも俺を選んでくれたなら、生涯そなただけを愛し、守り抜くと誓おう！」

ラフィークが胸に手を当てて揺るぎない口調で続ける。

「俺は王だ。自ら立てた誓いを破るようなことはせぬ。どうかそれだけは信じてほしい」

「う、うん、あんたのそういうところは、信じてるっていうか」

「ふふ、そうか。そなたのその素直さ、たまらなく愛おしいな！」

「……え、ちょっ……？」

ラフィークがいきなり目の前で変身を始めたから、まじまじと顔を見てしまう。

しなやかな黒豹の姿になり、まとっていた衣服をふるふると振るい落として、ラフィークが言う。

「とても美味かったぞ、祐介。そなたの心尽くしを味わえて、俺は幸せだ！」

「そ、そう？　喜んでもらえたなら、よかったけど」

「さっそく礼をさせてもらおう。ふむ、そうだな……、そなたの膝を借りようか」

「ひざ？」

なんのことやらと思った瞬間、ラフィークが祐介の腿に頭を乗せてごろりと寝そべったので、ちょうど膝枕をするみたいな格好になった。

いきなりの行動に驚いてしまったが。

「撫でてよいぞ？」

「え」

「そなた、メルやナルの腹や、ほかの幼獣たちの腹や背を、よく撫でているであろう。特別に俺を撫でることを許すゆえ、心ゆくまで楽しむがいい」

いきなりそんなことを言うので、目を丸くしてしまう。

そういえば、人の姿のラフィークとは触れ合っていても、黒豹の体に触れたのは、こちらに連れてこられたときだけだ。腿に乗っている頭の部分だけでもほんのり温かみがあるが、体はどうなんだろうと興味が湧いてくる。

祐介は恐る恐る手を伸ばし、ラフィークの毛皮に触れた。

「……あ……、案外、ふわっとしてるんだな？」

首や肩のあたりの黒い毛をそっと撫でてみたら、思ったよりも柔らかいことに気づく。美しく整った毛の中に指を沈めてみると、彼の体の温かさが指先に伝わってきた。

「わ……、気持ち、いいな」

毛並みを楽しむようにすっと指を通し、温かい体を撫でる。

猛獣の成獣に触れる機会なんて、そういう関係の仕事でもしていなければまずないだろうし、祐介だってこれが初めてだ。幼獣と違って大きく、そして力強い骨格に、まずは驚かされる。

体中に無駄なく筋肉がついていて、肩や下肢の付け根のあたりはもりもりと盛り上がっている。呼吸のたび動く胸から腹は皮膚も柔らかく、長い尾は案外繊細な動きをする。

何より驚きだったのは、黒一色に見える毛皮の中に、よく見ると豹と同じ丸いぶち模様がうっすら浮かび上がっていることだった。

「……すごいな。ラフィークって、めちゃくちゃ綺麗だったんだな？　あ、いや、人間の姿ももちろんそうだけどさ！」

「そうか？　そなたに褒められるのは嬉しいな。ありがとう」

ラフィークが言って、耳をピクリと動かす。そっと触ってみると、耳たぶもとても柔らかかった。ラフィークのほうも心地いいのか、わずかに目を細める。

体を繰り返し撫でてやると、ラフィークは祐介の膝の上に頭を乗せたまますっかりリラックスして、やがて無意識なのか尾をゆらゆらと動かし始めた。

その姿は、まるで大きな猫のようだ。

「ふむ……、なかなかよいものだな」

「ん？」

「こうして無防備に誰かに身を預ける、というのは。思いのほか心が安らぐ」

「え。こういうことってあんまりしないの？」

「俺は王だからな」

ラフィークが言葉少なに言って、目を閉じる。

なんだか少し意外な気がしたから、祐介は黒豹の横顔をまじまじと見つめた。

歴史上の人物として名が知られている王の中には、後宮に美女をたくさん住まわせてとっかえひっかえしていたような人もいる。王だったら、逆にいくらでもこういうことができそうなものなのに。

(無防備な姿を、誰にも見せられなかったってことなのかな?)

ただでさえこの世界は大変な状態で、王族もラフィークしかおらず、あらゆることが彼の肩にのしかかっていると言ってもいい状況だ。

いつも休む間もなく動き回っているのは、単純にやることが多くて忙しいからではあるのだろうが、タフで力強い王として振る舞うことで、皆を安心させようとしている面もあるのかもしれない。

でも誰だって休息は必要だし、ずっと気を張っていたら疲れて折れてしまうだろう。それこそ、無防備に誰かに身を預ける時間がなくては、毎日の務めだってしんどくなる。

ラフィークは、祐介には気負った姿でない素の姿を見せられると、そう思ってくれているのだろうか。

(なんかちょっと、嬉しいな)

祐介の前ではリラックスでき、膝枕で体を撫でられて穏やかな顔を見せることに、ためらいなどは覚えない。

　もしもラフィークがそう思ってくれているのなら、それは嬉しいことだ。ラフィークの重責と民への愛情、王としての覚悟の強さを日々感じているだけに、自分にだけくつろいだ姿を見せてくれることを、妙に愛おしく感じるのだ。

　自分にもっと甘えてほしいと、なぜだかそんな気持ちになってくる。

「なあ、ラフィーク。あんた大丈夫なのか？」

「ん？　何がだ？」

「いや、いつも朝から晩まで動き回ってるだろ？　あんたがタフで、ずっとそうしてきたのも知ってるけどさ、ちゃんと休まないと、いつか倒れちゃうよ？」

　働きすぎの同僚をいさめるみたいにそう言うと、獣の目の瞳孔《どうこう》がきゅっと小さくなった。おう、と小さく吼えるみたいな声を出して、ラフィークが言う。

「……そうか。そなたにも、そのように見えるか」

「俺にも、って？」

「この百年ばかり、ナジムにもたびたび叱《しか》られてきたのだ。少しは休めとな」

「や、それたぶんナジムだけじゃなくてみんな思ってるから。民たちも、あんたはちょっと頑張りすぎだって感じてると思うよ？」

「本当か、それは……？」

ラフィークが心細げな声を出す。長い尾がへたりと垂れているのが、しゅんとしているみたいでちょっと可愛い。

「あ、でも、それで不安になってるとかはないと思うよ？　みんなあんたを信頼してるし、だからこそ休んでほしいなってことだよ」

祐介は言って、請け合うように続けた。

「俺も、できることはもっと手伝うからさ。あんまり無理しないでくれよ。あんたの代わりなんて、いないんだからさ？」

そんなことはナジムに何度も言われているかもしれないが、新参者が言うことで響くこともあるだろう。そう思って言ってみたら、ラフィークはどこか神妙そうに獣の目をこちらに向けた。

「……そうか。どうやら俺は、我が身を振り返る余裕すらも失っていたようだ。俺にそのように告げてくれたこと、感謝するぞ、祐介」

「ラフィーク……」

「そなたには不本意かもしれぬが、そなたが今、ここにこうしていてくれるのは、俺にとっては幸いだ。やはりそなたは、約束の番なのだな」

（約束の、番）

最初はわけがわからなかったが、そう言われることに不快感はない。

ラフィークと、本当に出会うべくして出会ったのだとしたら、その運命に抗《あらが》わず受け入れてみてもいいのではと、かすかにそんな気持ちにもなる。

求めるよりも求められて、愛するよりも愛されて結ばれるほうが幸せだとか、そんな恋愛指南は昔からあるわけだし……。

（俺、ほんとはすごく、誰かに愛されたかったのかな？）

人の気持ちの不確かさで傷つくのが怖くて、未熟な片思いばかりを繰り返してきたけれど、誰かに愛を告げられ、求婚され、その相手が自分にだけ特別な姿を見せてくれるというのは、この上なく心地のいいことだった。

しかもその相手は、朗らかな人柄で周りからの信頼も厚く、大変な状況でも前向きな男で、ついでにいうと体の相性もいい。人の世でごく平凡な社会生活を送っていたら、ここまで素敵な相手と出会う機会はなかなかないだろう。

ここが異世界で彼が獣人であることも、考えようによっては目をつぶってもいいくらい、ラフィークはカッコいい男だと思う。

でも――――。

（結局子供を産まないといけないっていうのが、俺は引っかかってるのかな）

男なのに孕まされ、出産をする。

祐介にとっては、もしかしたらそこが一番のネックなのかもしれない。

好きな男の子供なら孕んでみたい、なんて軽く思ったりしていたが、それはある意味、実現不可能だからこその妄想であって、現実にできると言われると、正直怖さがまさるところもある。

だが、どうなのだろう。それは自分がまだラフィークを好きになっていないからで、彼のことを好きになったら、怖さなんて感じなくなるのだろうか。

もしも彼を心から愛したなら……？

「……祐介。一つ、訊きたいことがあるのだが、いいか？」

美しい毛並みを撫でながら、あれこれと考えていたら、ラフィークがこちらを見上げてぼそりと訊いてきた。改まってなんだろう。

「いいよ。何？」

「そなた、獣が恐ろしくはないのか？」

「え？」

「人間は普通、俺やライオンや虎のような獣を猛獣と呼び、恐れるであろう？　そなた、最初から俺を恐れなかったではないか。俺が変身した姿を見ても、怖いとは思わなかったのか？」

今さらのようにそう言われ、膝の上の黒豹の頭をしみじみと眺める。

言われてみれば、ラフィークがこの姿に変身することを、祐介は思いのほかすんなり受け止めていた。幼い頃から動物の声が聞こえていたから、やみくもに怖がる気持ちがなかったのだろうな。

でも、アフリカのサバンナでライオンの群れの前にいきなり一人で放り出されたりしたら、やはり死の恐怖に怯えるだろう。だから、怖くないというわけではないのだ。

「うーん、まあ野生の猛獣だったら怖いけど、あんたは人間の姿のほうで会ってたし、最初はなんか、夢見てるんだと思ってたし」

「それはそうかもしれぬが、人間にとって獣は異種であろう？　俺と交わることに嫌悪を覚えたりは、せぬのか？」

「嫌悪……？」

そんなこと、考えてみたこともなかった。

セックスするときは人間の姿のラフィークだし、そのときに彼が獣の血を引く獣人であることを気にしたことは一度もない。

そして黒豹の姿のラフィークと抱き合う自分というのは、そもそも想像ができなかった。動物と交わるなんて、人間の世界ではかなりアブノーマルなことだし、実際にやってみたらどう思うのだろう、という妄想すらも及ばないのだ。

よくわからないが、何かとてつもなくしてはいけないことをしているみたいな、そんな気持ちになったりするのだろうか。

「うーん？　それもあんまり考えたことなかったな。でもとりあえず、人間の姿のあんたとセックスするときに、それを思い出したりはしないかな」

祐介は言って、考えながら続けた。

「今みたいな獣の姿のあんたとならどうか、っていうのは、正直ちょっと想像がつかないんだけど……、あんただってわかってるなら、気持ち悪いとかは、思わないかな？」

自分でもちょっと適応能力が高すぎるのでは、と思わなくもないが、獣の姿になったからといって、ラフィークが獰猛で手がつけられないケダモノになるわけではないのだから、そこに違いはないようにも思える。

とりあえずはそう自分で納得して、祐介はうなずいた。

「うん。嫌悪とかは、ないかな。だって、あんたはあんたじゃん？」

軽い口調でそう告げると、ラフィークの目の中でまた瞳孔がきゅっと小さくなった。

黒豹の顔には人間みたいな表情はないのでわからないが、もしかして、何か驚いたときにこうなるのだろうか。

「……あれ。俺、なんか変なこと言った？」

「いや、そんなことはない。だが、そうか……。そなたは、そのように思ってくれているのだな」

どうしてか感慨深げに、ラフィークが言う。

やはり表情はわからないけれど、長い尾がゆっくり、ゆらゆらと動いている。

黒豹がどうなのはわからないが、猫がそういうふうにするのは機嫌がいいときだ。

祐介がこの姿を怖がったり嫌ったりはしていないことを改めて知って、嬉しく思っているのだろうか。

祐介自身も自分が言ったことを確かめたくなって、彼の頭の後ろや首、肩を撫でる。

強く雄々しくたくましい黒豹の体を畏怖《いふ》する気持ちはあるが、ラフィークなのだと思うと、怖いとか嫌だとかいう感情は湧いてこない。指に触れる毛並みはひたすらに心地よく、許されるなら腹に顔を埋めてみたいくらいだ。

やってみたいのをちょっと我慢して、腹や胸、喉のあたりのふわふわの毛をわしゃわしゃとかき回したら、ラフィークが目を閉じ、小さく喉を鳴らし始めた。

どうやら、かなりご機嫌のようだ。

（……なんか、可愛いな……？）

人の姿でなければ見えない表情もあれば、獣の姿でしかわからない仕草もある。

でも獣の姿のラフィークは明らかにリラックスしているし、なんとなく少し祐介に甘えているようでもある。

撫でてもいいとか言いながら、本当は自分が撫でてほしかったのではないかと、なんだかそんな気もしてくる。

(カッコよくて可愛いとか……、それはちょっと、反則だろ)
日々民を思い、王としての務めを果たすラフィーク。
その姿だけでも尊敬できるのに、案外可愛いところもある。
正直、そういうギャップには弱い。
獣の姿のラフィークの、青みがかった黒い毛並みを美しいと感じてはいても、今までは
それ以上の感情が湧いてくることはなかったが、目を閉じている獣の顔や、柔らかい毛で
覆われた胸が呼吸でわずかに上下するのを見ているだけで、なんだかドキドキと胸が高鳴
ってきてしまって――。
「……や、ちょっと、待って?」
「ん？　どうした、祐介？」
「その……、俺、やっぱ変かもしれないっ……」
獣の姿の彼にときめくなんて、普通に考えたらアブノーマルなことだ。人の世だったら
もう絶対にあり得ないことなわけで、だからこそ想像もしたことがなかった。
でも今、祐介はそうは感じていない。どちらの姿のラフィークもラフィークで、カッコ
よくて可愛いと感じている。
それはつまり、彼に心惹《こころひ》かれ始めているということでは……？
「そなたの表情は、くるくる変わるな」

内心あわあわしていたら、ラフィークがそう言って、青い瞳でこちらを見上げた。

「豊かな表情もそなたの魅力だ。裏表のないそなたの心根が現れているようで、とても惹きつけられる」

「そ、かな？」

「そのように照れた笑顔も好きだ。今すぐそなたに口づけて、その身を愛して啼かせてやりたくなるな」

ラフィークが言って、ふむ、と少し考えてから続ける。

「いくらか日も落ちてきた。ここでするのも、開放的で悪くないかもしれぬ」

「……っ？　悪くないって……、えっ、ま、まさかっ……？」

二人きりだとはいえ、ここは外だ。抱き合ったりして幼獣たちにでも見られたら、さすがにまずいのではと慌ててしまう。

だがそんな祐介を見て、ラフィークが言う。

「そなたにもっと礼をしたいのだ。どうか素直に受け止めてくれ」

「……礼って！　あっ……」

ラフィークが獣の頭を持ち上げたと思ったら、再び人の姿に変身する。

目の前に現れた美しい褐色の裸身に図らずも目を奪われていると、有無を言わせず掻き抱かれ、奪われるみたいに口づけられた。

「あ、むっ、ん、ふっ」

葡萄の香りが甘美な、いつになく濃密で熱っぽいキス。

　身も心も包み込まれるみたいな、力強い抱擁。

　ほんの今まで獣の姿だったせいか、彼の体からは雄々しい獣の野性がにじみ出ている。まるで獣の彼に激しく求愛されているかのようだ。

　安座した脚の上に向き合ってまたがる格好で抱き上げられ、衣服の中に手を入れられて尻や腿をきつくつかむみたいにまさぐられたら、もうそれだけで体の芯がひたひたと潤んでくるのを感じた。

　でもやっぱり、外でというのは……！

「……ん、んっ、ちょ、待ってっ」

「どうした？」

「いや、どうしたって、ここ、外だし！」

「野生動物の交尾には、外も中もなかろう？」

「野生動物にはねっ？　でもほら、俺は一応人間でっ」

「ほう？　ここをこんなふうにしているのにか？」

「ぁっ、んン」

　祐介自身が早くも頭をもたげ始めているのを、肉厚な手のひらで触れられて知らしめられ、甘ったるい声が出てしまう。

　こんなところでと思いながらも、祐介は欲情してしまっている。寝室のベッドの上みたいに雄を勃たせ、ラフィークに触られて心地いいと感じている。

　彼のもう片方の手で背筋をつっとなぞり下ろされ、尾てい骨を撫でてその先の秘所を探られたら、たまらずビクビクと腰が揺れてしまった。ラフィークがふ、と笑みを洩らす。

「ずいぶんと昂っているではないか、そなたも」

「お、れも、って？」

「裾《すそ》をまくってみるがいい」

　祐介の雄蕊と後孔を指でもてあそびながら、ラフィークが淫猥《いんわい》な声で告げる。

　息が乱れそうなのを抑えながら、ラフィークの腹のあたりに広がった祐介の装束の裾をまくり上げてみると――――。

「あっ……」

　ラフィークの熱杭がすでに硬く屹立していたから、ドキリとした。

　今すぐここで欲しい。体をつないで愛し合いたい。

　互いの体が確かにそう求め合っているのを感じて、クラクラしてくる。まるで本当に野生動物になったみたいだ。

「俺の前では、恥じらいもためらいもいらぬ。己《おの》が欲望に素直になれ、祐介」

「ラ、フィ、ん、ぅう……」

口唇をキスで塞がれ、祐介自身と窄まりとを彼の手でなぞられて、抗う理性も溶けてしまう。よろよろと彼の首に腕を回してしがみつくと、ラフィークが後孔に指を沈め、そこをほどいてきた。

「ん、ふっ、ぅ、んんっ」

この世界に来て、何度ラフィークと抱き合ったかもうわからないが、祐介の体はすっかり彼との行為に慣れ、後ろは指で優しくまさぐられるだけで柔らかく熟れるようになった。いまだ子を孕めぬ男の体でありながら、祐介のそこはかすかに潤むようになり、彼のかたちも覚えたみたいだ。

肉杭をつながれて擦り立てられ、熱い白濁を注ぎ入れられて得る、悦びとともに。

「……もうよさそうだ。このまま、つながってもよいか？」

優しく問いかけられ、こくりとうなずく。ラフィークが後ろから指をぬるりと引き抜き、祐介の腰を支えて持ち上げたから、ごくりと唾《つば》をのんで彼の肩に顔を埋めた。

ほころんだ柔襞に、熱くて硬い彼の切っ先が押し当てられる。

「ゆっくりと腰を落として、俺をのみ込め」

「んっ、ぅ……、ふ、ぁあっ」

体の力を抜き、自重で落ちるようにしながら、彼の上に身を沈める。

肉の襞を押し開いて熱棒が入ってくると、腹が彼で満たされるみたいだった。内襞は幹に絡みつき、放すまいとするように中へと引き込む。

ラフィークがああ、と小さく声を洩らす。

「そなたがきつく吸いついてくる。つながっただけで、搾り出されてしまいそうだ」

「あ、んたも、おっきぃ、し……、ぁあ、ああっ」

腰を押さえられてズンと突き上げられ、腹の奥までいっぱいにされる。

内奥の狭さがこたえたのか、ラフィークが眉根を寄せる。

「隙間《すきま》なく結ばれているな。そなたと一つに溶け合いそうだ」

「ラフィ、クっ」

「たまらない感触だ。もう、動くぞっ」

「あっ、あ、はぁ、あっ……！」

腰をつかまれて下から熱杭で突き上げられ、背筋を悦びのしびれが駆け上がる。

さほど激しい動きではないのに、互いにぴったりと吸いつき合っているせいか、いつになく摩擦の刺激が大きい。彼が行き来するたび内壁に甘い快感が走り、潤んだ声が洩れてしまう。ラフィークのほうも同じように感じているのか、動く都度小さく息が乱れ、眉間《みけん》にはますますしわが刻まれる。

自分と抱き合って、彼も悦びを覚えてくれているのだとありありと感じ、こちらもますます昂っていく。

「ぁあ、んぅ、ラフィ、クっ、ラフィークっ」

「祐介、祐介っ」

名を呼び合い、身を揺らして互いの感じる場所を擦り合う。

何度も抱き合っているので、もういいところがわかるようになっている。わずかな動きに反応して後ろをきゅうっと締めつけたら、ラフィークも応えるみたいに最奥を突いてきた。

至高の瞬間への最短の道筋をたどるみたいに、あっという間に腹の奥がぐつぐつと滾り始める。

「……祐介、俺はそなたが愛おしいっ」

「っ……？」

「抱き合えば抱き合うほど、そなたを求めて身も心も狂おしく乱れる。こんなことを言えばそなたを悩ませてしまうと、わかっているのに……！」

「ラ、フィ、ク……！」

律動で祐介を揺さぶりながら、ラフィークがどこか苦しげな目をしてそんなことを言うから、胸がトクンと疼いた。

甘く切ない、ラフィークの胸の内。

そんなにも熱い想いを寄せられたら、どんな頑《かたく》なな心もとろとろに溶かされてしまう。

体を貫く雄の熱が、まるで彼の思いのたけであるかのように感じ、内腔がヒクヒクと収《しゅう》斂《れん》し始める。

「ああっ、あぅっ、ぃ、きそ、もう、達きそうっ」

「俺もう、こらえきれぬっ」

「はあ、ぁあ、あああっ……！」

ラフィークをきゅうきゅうと締めつけながら頂を極めると、彼がああ、と声を洩らした。

蠢動《しゅんどう》する祐介の肉筒を二度、三度と深く貫いて、ラフィークが動きを止める。

「あ、ぁ……、あんたのが、いっぱい、出てっ……！」

腹の奥に吐き出される白濁はいつになく熱く、その量もとめどない。

まるで彼の想いの奔流を、体に直接注ぎ込まれたみたいだ。

（ヤバい、どうしよ……、こんなの、もうっ……）

抱き合えば抱き合うほど、祐介の中には彼の愛が溜まっていく。愛されることが嬉しくて、もっと欲しくてたまらなくなる。

凄絶な悦びと愛を惜しみなく与えてくれるラフィークと一つになり、ともに達き果てれば、身も心も歓喜するのだ。まるで本物の恋人同士、あるいは伴侶のように。

もしかしてこれが、体でほだされるというやつなのか。自分はもう、ラフィークに身も心もがっちりとつかまれているのでは。

甘い頂を漂いながら、祐介は蕩けた頭でそう感じていた。


それからまた半月ほどが経ったとある日の、明るい昼下がりのこと。

「ゆうすけ、あそぼ」

「あそぼ、あそぼ」

「おー、いいぞー。庭に行くか！」

昼食後の午睡から目覚めた幼獣たちが、祐介の服をぐいぐいと引っ張って、遊びの相手をせがんでくる。

メルとナルはもちろん、虎《とら》や狼《おおかみ》やジャッカルの子、サーバルキャットや犬の子など、いつも元気な幼獣たちだ。

今まではラフィークが相手をしていたのだが、ここ半月ほど、近隣の集落で何か問題が起こっているとかで出かけていることが多く、祐介が遊びに付き合ってやっている。

幼獣の昼寝中に終わらせようと思っていた豆むきとトウモロコシの皮むきは、どちらもほぼ終わっていたから、祐介はせがまれるまま、城の中庭に出た。

屑糸《くずいと》をきつくまとめて作ったボールで遊ぶのを、幼獣たちは楽しみにしている。

「よーし、じゃあいくぞー！　それ！」

ボールを高く蹴《け》り上げると、幼獣たちがいっせいに走り出し、落ちてきたボールを鼻やしっぽで打ち上げる。

幼獣たちはなかなか器用で、落とさぬようボールを跳ね上げ、皆でぐるぐると回す。

やがて祐介のもとに戻ってきたので、今度はヘディングでボールを上げた。

興奮し始めた幼獣たちがわあっと駆け出す姿は、まだ幼いが獣の本能が見えるようだ。とても可愛いし、成長が楽しみになってくる。

「おお、祐介様。いつも幼獣たちをかまってくださってありがとうございます！」

わあわあとボールを追いかける幼獣たちをほとんど親目線で眺めていたら、ナジムが傍《そば》にやってきて言った。

「野菜の下拵《したごしら》えも、いつもたくさんしていただいて！　厨房《ちゅうぼう》や集落の当番の者たちが、大変助かっていると申しておりましたぞ！」

「俺のほうこそ、役に立てて嬉《うれ》しいよ。まあ俺にできることって、手を動かすことくらいだしね。ラフィークが見て回ってる外の集落のほうは、どう？」

ボールが飛んできたので、バレーボールのレシーブみたいに打ち上げながら訊《たず》ねると、ナジムが尾をくるりと巻いて座り、幼獣たちを見ながら答えた。

「井戸の水位が下がっているようだと報告してきた集落がいくつかありましたが、どうやら一時的なものだったようです。それとは別に、明け方近くに小型の魔獣が徘徊しているのを見たという報告がちらほらありまして、ラフィーク様はここ数日、そちらの様子も見に行っていらっしゃいます」

「魔獣か。しばらくは現れないだろうって言ってたけど、また出てきちゃったのかな」

祐介がカルナーンに来て、ふた月近くが経つ。

ここに来た翌日に大きな襲撃があって以来、魔獣が現れることはなかったが、防壁とやらにまた穴でも開いたのだろうか。

「なあ、ナジム。魔獣って、どんどん新しく生まれてるの？」

「獣人自体の数が減っているので、そう多くはないですが、残念ながら微増しております。追い払うだけでなく、穢《けが》れを浄化し、冥府《めいふ》へと送らぬ限り、何度でも復活しますので」

「復活とか、ありかよ……。奴ら、結局何ものなの？」

「辺縁地域で発生した穢れによって知性を失い、己《おの》が命数の尽きたことにすら気づかぬまま動き回る、生ける屍《しかばね》でございます。獣人から獣に退化し、禁忌である肉の味を求めて、死してなお朽ちた肉体のまま生き続けている。それが魔獣です」

「……う、うーん、ゾンビみたいなもんか？」

死んでいるのに動き回るなんて、とんでもない話だ。この世界から穢れそのものを取り除かなければ、撲滅するのは難しいということか。

そしてそれを一気に押し進めることができるのは、王と番《つがい》との間に生まれた赤ん坊の産声だけ。

考えれば考えるほど、祐介が番になって子供を産みさえすればいいのでは、と思えてきてしまう。

（……子供産むって、どんな感じなんだろ？）

前はなんとなく抵抗を感じていたが、今はそれほどでもない。みんなやラフィークのためになるなら、そうしてもいい気がしている。

この心境の変化は、間違いなくラフィークに惹《ひ》かれ始めているせいだろう。

といっても、この気持ちが本物なのかどうか、本当のところ自分でもまだよくわからないのだが。

「ゆうすけー？」

「……あ、悪い！」

ぼんやり考えていたら、こちらにボールが転がってきていた。ぽんと高く蹴り上げると、ナジムがおお、と声を上げた。

「祐介様は、球遊びがお得意なのですね？」

「そんなでもないけど。まあ一応中学までサッカーやってたからね」

こんなところでそれが役に立つとは思わなかったが、できることはなんでもやろうと決めたし、幼獣と遊ぶのも楽しくなってきた。

それだけラフィークの負担も減らせるわけだし。

（魔獣が復活してきたら、またラフィークの負担が多くなるしな）

無理せず休めとは言ったが、なかなかそうできない事情もある。もっとできることはないか、ラフィークと話してみたい。

「ラフィーク、夕方のお祈りの時間までには戻ってくるよな？」

「お帰りになるはずですが」

「じゃあ、また何か作っておいてやろうかな。甘いものより軽食かな？」

「おお、それは。ラフィーク様もお喜びになると思いますぞ！」

ナジムが尾をピンと立てて同意する。

何を作ろうかと考えながら、祐介はまたボールを打ち上げていた。


「あれ、エリフ……？」

その後、幼獣たちと遊んでいたら、あっという間に一時間ほどが経ってしまった。

ラフィークが戻らないときは祐介が幼獣たちに水を飲ませ、おやつを食べさせることにしているので、中庭に果物かごを持ってきて配ったところで、オアシスの外から鷲《わし》のエリフが飛んできたのだ。

朝、ラフィークとともに出かけたのだが、先に戻ってきたのだろうか。エリフが城の上をぐるりと旋回し、テラスに続く階段に舞い降りたので、祐介は水場でバケツに水を汲《く》み、傍に行って声をかけた。

「お帰り、エリフ。軽く水浴びする？」

「これはありがとうございます、祐介様！」

エリフが言って、庭に下りる。頭からちょろちょろと水をかけてやると、気持ちよさそうに大きな羽を広げた。

「暑かった？　ラフィークは？」

「神殿にて、お体を清めておいでです。小型のものでしたが、出先で魔獣を一頭仕留められたので」

「えっ。やっぱ魔獣、いたんだ？」

「北方に防壁が薄くなっている箇所がありまして、一頭紛れ込んだようでした」

「でも、昼間なのに……？」

「穢れの強い場所では、時折昼間に現れることもあります。動きが鈍く、襲ってくる危険はないのですが、民が穢れに触れればやはり呪《のろ》われてしまいますので、ラフィーク様が迅速に退治されました」

羽をはためかせて水を払って、エリフが言う。

「防壁も、ラフィーク様がすぐに修復されましたが、あの様子ではまだ数頭いたのではないかと。先手を打って退治すると仰《おっしゃ》っていたのですが、今日は朝から一日外に出ていたこともあり、戻ることになりまして」

「そっか。何頭も……」

すでに複数いるのなら、そのうちまとまって襲ってくるだろう。そうなる前に叩《たた》いておくというのはいい案かもしれない。

(ラフィークの様子、見てこようかな?)

まだ何も作っていないし、食べたいものがあればそれを用意してやりたい。

祐介はバケツを水場に戻し、そのまま城を出て神殿に向かった。

何人かの獣人が農作業をしている畑の中を通り、神殿の入り口から中に入っていくと
――――。

(……これって、ラフィークの、声?)

言葉はわからないけれど、不思議な抑揚のある、美しい響き。

歌を歌っているような、詩でも読んでいるみたいな。

導かれるように進んでいくと、泉の中にラフィークが、裸の背中をこちらに向けて立っているのが見えた。長い両腕を大きく広げ、手のひらをふわりと上に向けて、よく響く声

を発している。

もしやあの声は詠唱のようなもので、祈りを捧げているのだろうか。

(すごい……、あんな綺麗《きれい》な光に、包まれて)

祈りの様子を見るのは初めてだ。ラフィークを取り囲む泉の水面はキラキラと輝いており、そこから浮き上がった光の粒がベールみたいになって、ラフィークの体を包んでいる。

それはラフィークの腕にも巻きついているが、彼の手のひらからは虹色の湯気のようなものが出ていて、神殿の高い天井に向かって上っていく。

ラフィークが朝夕に神殿で祈りを捧げているとき、外から見える虹の雲のようなものは、あんなふうに彼の手から発せられているものだったのだ。

彼は文字どおり体を張って魔力を世界に供給しているのだとわかって、何か厳粛な気持ちにさせられる。

「……っ……」

「っ？　え、ラフィークっ？」

不意に詠唱が途切れ、虹色の光が立ち消えたと思ったら、ラフィークが泉の中に倒れるように沈み込んだから、驚いて泉に駆け寄った。

中をのぞき込んでみると、水の中に黒豹《くろひょう》の姿に変身したラフィークが見える。目を閉じているが、まさか気を失って溺《おぼ》れているのでは……？

「ラフィーク！　どうしたんだよ！　大丈夫かっ？」

声をかけ、泉に手を入れて背に触れると、黒豹の体がぴくりと動いた。

ラフィークが目を開いて、初めてこちらの存在に気づいたみたいにまじまじと見上げて、のそりと水面に顔を出す。

どうしてか戸惑ったように、ラフィークが何か言いかける。

「……さの、すけ？」

「へ？」

「……そなた、なぜ……？　どうして、ここにいるのだ……？」

さのすけ、というのは、番候補だった左之助のことか。

やはりラフィークは、気絶して溺れかけていたのだろうか。

「あんた、寝ぼけてるのかっ？　俺は祐介だよ！　大丈夫かっ？」

慌てて訊《き》くと、ラフィークがかすかに息をのみ、青い目でまじまじとこちらを見つめてきた。

それからおお、と小さくうなり、ぶるりと首を揺すって言う。

「……ああ、すまない祐介……、その、大丈夫だ。泉の水が心地よくて、一瞬眠りかけていたようだ」

「マジかよ！　気をつけないと溺れちゃうぞっ？」

「そうだな。だがそなたのおかげですっきりと目覚めた。もう何も問題はないぞ？」

ラフィークが淡々とそう言って、ざっと泉から上がり、獣の頭をぷるぷると振って水を払う。

祐介は台の上に置かれたリネンを取って、獣の頭から背中にかけてとんとんと叩くように水を吸い取ってやった。ラフィークがほう、とため息みたいな声を洩《も》らし、気持ちよさそうに目を細める。

確かに、倒れるほど具合が悪そうではないけれど。

(……何も問題なくは、なさそうじゃね？)

黒豹の姿だと表情は見えないが、疲れがにじみ出ている気がする。少なくとも、元気はつらつというふうには見えない。

祐介は探るみたいに訊いた。

「魔獣を退治してきたって、エリフが言ってたけど……、また、現れたのか？」

「ああ。だが、そろそろ戻る頃であろうとは思っていた。いつものことだ」

「そっか。もう少し平和な時間が続くのかと思ってた」

「幸いまだ小型のものしか現れてはいない。日が暮れたら先手を打って叩きにいくつもりだ」

「え、今日これから？　せっかく帰ってきたのにっ？」

もしかして、祈りを捧げるためだけに戻ってきたのだろうか。

「なあ、ラフィーク。さっきのってさ、霊力を魔力に変えて流す、っていうのやってたんだよな？」

「さっきの、とは」

「ほら、水がキラキラして、虹色の湯気みたいなのがふわふわ～ってしてたやつだよ」

そう言うと、ラフィークがまたまじまじとこちらを見た。

「そなた、見ていたのか？」

「えっ、見てたらまずかったっ？」

王にしかできない神聖な儀式ということならば、もしかしたらのぞき見たりしてはいけなかったのかもしれない。今さらそう気づいて慌てていると、ラフィークが否定した。

「いや、祈りを見てはならぬということはない。というより、何が起こっているのか見えない者のほうが多いから、わざわざ見に来る者もいないというだけだ」

「見えない？　あれが？」

「あの光が見えるのは、特別な者だけだ。どうやらそなたは、空と大地から俺の番候補として認められているようだな」

「あ……、そういう、特別？」

怒りで水を涸《か》らしてしまうほどの存在から認められているというのは、ありがたいようなおっかないような不思議な気分だが、もしも特別な人だけがそれを許されているのなら、そこには何か意味があるのではないか。

たとえば番として、ラフィークにしかできないんだよな？　朝夕毎日やってて疲れない？」

「あれって、王の体調の変化に気づいてやるとか。

「ふむ……、疲れを感じることはないな。空と大地の霊力に包まれるのは、いつでも心地よい気分だ。この世界に生かされている喜びを感じる瞬間だ」

ラフィークが言って、リネンを体に巻きつけるようにしながらするりと人の姿に戻る。その顔に疲れは見えなかったから、一瞬安心しかけたけれど。

「……っ」

「ラフィーク？」

彼が彫りの深い顔を歪《ゆが》めたように見えたから、心配になる。けれどラフィークはすぐに笑みを見せた。

「不安げな顔だ。俺を気づかってくれているのか？」

「……うん。本当に今からまた、魔獣退治に出かける気？」

「案ずるな。今のうちに叩いておけばオアシスを襲ってくることもないのだ。戻ったなら、今夜は静かに休むと約束する」

「ラフィーク、でも……」

「俺は王だ。負けはせぬさ」

「……」

無理をしているのではないかとか、少し休んだらどうかとか。

祐介がそう言いたげなのを感じたのか、ラフィークが先回りして告げたのがわかって、思いがけず胸がチクリと痛んだ。

ラフィークの表情には王たる者の矜持《きょうじ》がのぞいていて、揺るがぬ意志を感じる。

とても頼もしくて、力強さを感じるけれど、同時に二人の間に見えない一線を引かれたみたいな気がして、ヒヤリと心が冷えたのだ。

お試しで番の真似事《まねごと》をしているだけの自分ごときが、何百年もこの世界と民の暮らしを守ってきたラフィークに、差し出がましいことを言うべきではない。

ラフィークは少しもそんな態度を見せてはいないのに、そういう気持ちにさせられてしまった。

でも、それは当然のことだ。答えを保留にしているのは祐介のほうだし、正式な番ではないのだ。彼が大丈夫だと言うのなら、それ以上食い下がる必要もない。

それなのに――――。

（……なんか、おいてかれるみたいな気分だ）

リネンで髪を拭《ふ》き、衣服をまとい始めたラフィークの背中を、祐介は何やら歯がゆい気分で見つめていた。

「うーん、さすがに見えないか」

城の鐘楼の上から、日没後のまだほんのり明るい地平線を眺めて、祐介は小さくため息をついた。

オアシスで一番高いところにある鐘楼に上れば、魔獣が現れたという北の地域が見えるかと思ったが、ラフィークが向かったのは、目が届く場所よりも遠くらしい。見えるのはどこまでも続く砂丘ばかりだ。

せめてここから、ラフィークが発する稲妻のような光でも見えたなら、このもやもやした気持ちも晴れるかもしれないのに。

「……結局こうなると、俺はなんにもできないんだよな」

元々、人間の祐介は魔獣を前に何ができるわけでもない。穢れにも弱いのだから、ラフィークについていくことはできないし、そうしたいと思っているわけでもない。

ただラフィークにばかり大変な仕事をさせたくないから、彼を労《いたわ》ったり仕事を手伝ったり、自分なりにいろいろとやってきたつもりだ。ラフィークもそれをわかってくれているし、祐介が番になるかならないか、真剣に考えていることも伝わっているはずだと感じている。

でも、やはり仮の立場では限界がある。ラフィークに無理をしてほしくないと思っても、強くそれを訴えることはできないのだ。

（もうそれじゃ嫌だって、そう思ってるんだな、俺は）

民を思い、王としての務めに励むラフィークを、日々間近で見てきた。

床をともにして何度も触れ合い、悦《よろこ》びを共有し合ってもいる。

この世界の状況ももう十分に理解できているつもりだし、自分がどうすべきかもしっかりとわかっているから、正直なところ最近は、結論を出すのに一年もかかることはないだろうと、薄々自分でも気づいていた。

祐介はラフィークに惹かれていて、だからこそ彼やこの世界のために、世継ぎの子を産んでもいいかもしれないと思っているのだ。

（でも俺、ラフィークのこと、ちゃんと好きなのかな？）

今までずっとまともな恋愛を避けてきたから、そんなことにすら確信が持てない。

求められているから好きだと感じているだけなのではとか。

セックスの良さを愛情と勘違いしているだけなのではないかとか。

自分の気持ちに自信が持てなくて、本当に本気なのかと悩んでしまう。

もういい大人なのにこんなことでぐるぐるしているなんて、なんだかちょっと情けなくなってくる。

「ゆうすけ、いた」

「いた！」

遠い彼方を眺めながらもどかしい気分になっていたら、急な階段をメルとナルが上ってくるのが見えた。一瞬危ないのではと思ったが、人間の祐介などよりよほど上手に上ってくる。

「おー、おまえたち、こんなところまで上ってきたのか？」

二頭がひょいと上まで上がってきて、脚にスリスリと頭を擦《こす》りつけてくる。その場に膝《ひざ》をついて首や頭をわしゃわしゃと撫《な》でてやると、メルとナルがくりくりとした目でこちらを見つめて言った。

「ゆうすけ、さみしそう」

「げんき、ない」

「えっ。もしかして、心配して来てくれたのっ？」

寂しそう、だなんて、幼獣の二人にそんなふうに言われるとは思わなかった。ラフィークが魔獣退治に出かけたことを気にしてはいたが、さすがに寂しいなんてことは……。

（……いや、あるかも）

単純に傍にいてほしいとか、そういう寂しさではない。

彼と本気で向き合いたいし、気兼ねすることなく思いや考えを伝え合いたい。

なのに自分はそうすることができない。所詮《しょせん》かりそめの立場に過ぎないのだという、そういう寂しさだ。

でもそれを解消したいと望むのは、かりそめではなく本物の関係になりたいということだ。そうしたいと感じている自分は、もうちゃんとラフィークのことが好きなのではないか。番になってこの世界で生き、彼と添い遂げてもいいと思っているのでは――――？

「……くさい」

「え？」

「まじゅうのにおい、する」

「なっ……？」

メルとナルが頭を持ち上げ、鼻をヒクヒクさせてそう言ったので、ぎょっとして顔を上げた。

鐘楼から北のほうを見る限り、何もおかしな様子はない。

だが立ち上がって鐘の周りを回り、周囲に目を凝らしたら、南の方角からかすかな腐臭がしてきた。確かに魔獣が放つ生臭い悪臭だ。

遠くの砂丘を注視してみると――――。

「……あれはっ……！」

何頭かの魔獣が、固まってオアシスに向かって進んでくる。ラフィークが向かったのは北なのに、どうして……。

「ひなん、する？」

「みんなも、する？」

「……ああ、そうだな！　みんなを、避難させなくちゃ！」

南から魔獣がやってきた理由はわからないが、今は夜で、しかもラフィークがいないのだ。夜に人の姿に変身できる獣人はいないのだから、自分がラフィークの代わりに誘導したりしなくては。

「メル、ナル！　下に降りて、みんなに魔獣が近づいてきてるって伝えてくれるかっ？」

「わかった」

「つたえる」

「頼んだぞ！」

祐介は叫んで、鐘に駆け寄って紐《ひも》を取り、思い切り鳴らした。

「みんな城の中に急げ！　遅れるなよ！」

集落から住民たちが城に向かって避難し始めてしばらく経った頃、城門で皆を誘導していたら、魔獣がオアシスの南にある門に到達したらしく、どん、どんと激しくぶつかる音が聞こえ始めた。

石壁も門も堅牢《けんろう》だが、夜目がきくフクロウに壁の上から見てもらったところ、魔獣の数がさらに増えれば、早ければ一時間ほどで突破されるかもしれないとのことだった。

風に乗って腐臭も届き、オアシスが襲撃されていることをまざまざと実感する。

「祐介様ー！」

「ナジム！　みんなこっちに向かってるっ？」

集落のほうから走ってきたナジムに訊ねる。城門の上にひょいと飛び乗って、ナジムが答える。

「全員こちらに向かっています。ああ、あの狼の一家がしんがりです！」

目を集落のほうに向けると、動物たちの列の最後尾に、狼の夫婦と息子たちが見えた。どうにか避難は間に合いそうだ。

「オアシスが魔獣に襲われてるって、ラフィークには知らせた？」

「エリフがフクロウと一緒に向かってくれました。ですが夜でもあり、かなり時間がかかるかと。陽動か何かで、ラフィーク様が北でも別の魔獣に遭遇しているのであれば、なおのことです」

ナジムがうなるように言う。

「いずれにしても、ラフィーク様がおいでにならない以上、オアシスに侵入されても我々だけでは何もできません。お戻りになるまで、ひたすら城にこもって耐え忍ぶことになりましょう」

「ほんとに何もできないの？　魔獣に弱点とか、ないのかよっ？」

「奴らは火を嫌いますので、城周りの松明《たいまつ》を絶やさずともしておくことくらいしかできません。ですが、今薪《まき》入れの作業ができるのは……」

「人間の俺だけ、か。いいよ、じゃあ俺が薪を足して回ってくるから、みんなの誘導頼む。ほかにやることがあったらすぐ言ってね！」

「承知しました！」

ナジムとわかれて、祐介は城壁に沿って駆け出した。

城の維持管理や掃除、松明の点灯や消灯など、城周りの仕事は、いつもは日没前と日の出の直後に当番の獣人が行っている。薪は豊富にストックされていたから、祐介は松明にいつもより少し多めに薪を足していくだけでよかった。

城に限らずオアシスの生活は、暮らしのための作業を分担してこなしていけるよう、あらゆるところが効率的にできている。

それを考えたのは、すべてラフィークだ。

「簡単に攻め込まれてたまるかっての！」

ラフィークが不在なら、戻るまでできることはなんでもしたい。彼やみんなが懸命に作ってきたここでの生活を守りたい。

ただ強く、心からそう思う。

「……祐介様がお戻りだ！　中に入られたら門を閉ざせ！」

城の周りを一周して戻ってきたら、ナジムが城門の前で待っていてくれた。

一緒に中に滑り込むと、門の脇《わき》に控えていた二頭の虎が、門扉を押さえていたつっかえ棒の上にどんと飛び乗った。

ズン、と音を立てて扉が閉まった、その瞬間。

「グオオオ――――」

遠くから異様な声がして、ドドド、と何かが崩れたみたいな音が聞こえてきた。

ナジムが毛を逆立てて言う。

「門が突破されたようですな」

「早いな、もうかよ！　城壁の上の松明にも、薪を足してこないと！」

祐介は言って、門の脇の階段から城壁の上の通路へと駆け上った。

数メートルおきにともされた松明に薪を足しながら、眼下の様子を見てみると。

「……うわ、真っ直《す》ぐこっちに来てる！」

ドロドロに溶けた体から、黒い煙を放つ、四つ足の動物たち。

煙からうっすら燐光《りんこう》のような光が放たれているせいか、夜の闇《やみ》の中を何十頭もこちらに向かって駆けてくるのがよく見える。

だがナジムが言ったとおり火が苦手なようで、城の近くまで来たら一定の距離からこちらには近寄れず、戸惑ったようにうろうろし始めた。

これなら、なんとかしのげるか。

「……祐介様！　ああ、こちらにいらしたのですね！」

不意に城の中から一頭の獣がやってきて、声をかけてくる。

チーターの姿のバラクだ。慌てたように目を見開いて、バラクが言う。

「キトが産気づきました。どうか祐介様の手で、取り上げてください！」


「祐介様ー！　湯が沸きましたぞ！」

城の厨房から、ナジムが叫ぶ。祐介は収納庫から持ってきたたらいを抱え、厨房に入っていきながら言った。

「ありがと、ナジム！　えーと、このたらいに入れといたらいいのかっ？　あ、でも熱かったり冷めたりしたら困るし……」

「じきに生まれるでしょうから、たらいに水を張っておいて、産湯が必要になったらそこに湯を注いだらいいのでは？」

鍋いっぱいに沸いた湯を前におろおろしている祐介に、ナジムが冷静に告げる。

赤ん坊を沐浴《もくよく》させるための産湯が必要だとナジムに言われるまで、祐介は何をしたらいいのかまったくわからなかった。

でもこれが人間なら、体を洗って布で包まれた姿が、生まれたての赤ん坊の姿として一番なじみがある。

それで祐介は、城に避難してきた獣の姿の民たちでいっぱいの会堂から、キトとバラク、それにキトの母親を厨房近くの一室に移動させ、ばたばたとリネンを用意して厨房のかまどで湯を沸かした。

出産そのものは、へその緒の始末などもキトが自分でするとのことなので、祐介は無事生まれてくるのを待つだけなのだが、自分でも驚くぐらいにテンパっている。

「祐介様、たぶん、もうじきです！」

「わ、わかった、ちょっと待って！」

たらいを安定した台の上に置き、水がめに溜《た》めてあった霊力の泉の水を半分くらいまで注いでいたら、バラクが走って厨房に駆け込んできた。

急いで部屋に行くと、獣の姿のキトが柔らかい敷物の上に寝そべって大きな声でうめいているところだった。バラクと母親が、気づかうように言う。

「頭も少し見えてきたよ、キト。もう少しだ」

「がんばれ、キト！」

吼《ほ》えるような獣の声を上げて出産に臨むキトと、人の言葉で励ましながら見守る二人。皆チーターの姿をしているが、獣人は半分は人なのだと思うと、何か不思議な気分になる。祐介はただ、息を詰めて見守っているしかないけれど。

（なんか、すごいな！）

腰をひねって寝そべるキトの後ろ脚の間には、獣の脚らしきものが見えている。自分もこうやって生まれてきたのだろうが、この世に新しい命が生まれるというのはとてつもないことだと実感する。

男だから、本来ならそれを我が身で体験することはないはずだったが、祐介にはその機会が与えられているのだ。自分がそれを望みさえすれば。

「……う、ううっ、ああっ！」

キトがひときわ大きく叫んだ次の瞬間、ぱしゃ、と水音がして、敷物の上に赤ん坊が産み落とされた。

一見すると犬か猫のようだ。人間の赤ん坊よりも小さいだろうか。驚きながらも、薄布を手におずおずと近づくと……。

「……ッ、キュ……」

「きゅ？」

「キュウ、キュウッ――――」

小さい体を震わせて、赤ん坊が高い鳴き声を上げたから、皆で歓喜の声を上げる。

薄布を広げて赤ん坊を抱き上げると、小さいながらも温かさとしたたかな重さとが両手に伝わってきた。

新しい命が、この手の中にある。それだけで、胸に熱い思いが湧《わ》き上がってくる。

「わ、ぁ、生まれたっ……！　ほんとに、生まれたんだ！」

小さな体で力いっぱい鳴く、チーターの姿の赤ん坊。

手に抱いているだけで嬉しくなって、知らず涙が溢《あふ》れてくる。

獣人たちが身を寄せ合って暮らすオアシスに、そして今まさに魔獣が迫りくるこのとき
に、新しい命が誕生したこと。

それはまるで奇跡のようで、ただただ喜ばしいことだ。自分のことのように誇らしく、
晴れがましい気持ちになる。

沐浴させるのも忘れて泣きながら見とれていると、キトが立ち上がり、紐のようなへそ
の緒を噛《か》みちぎった。そうして泣いている赤ん坊をのぞき込み、閉じた目や鼻の周りを優
しく舐《な》めて言う。

「もっと鳴いてちょうだい、私の可愛《かわい》い赤ちゃん。いっぱい鳴いて、魔獣なんて追い払っ

ちゃいなさい」

温かな祈りの言葉のような、キトの優しい声。子供を産んだばかりなのに、もう母親の声をしている。

するとその声に反応するように、赤ん坊が頭を揺すり、布の端に口を寄せて吸いつくような動きを見せた。

「あら。お乳を飲みたがっているみたい」

「……あ、ごめん！　そうだよね。すぐ産湯に浸《つ》からせてくるからね！」

祐介は慌てて言って、赤ん坊を抱えてたらいのある厨房へと駆けていった。

「はあ……。思ったより、ずっしりしてたなぁ……」

月が天頂に上った深夜。

ベッドに横たわって獣人の赤ん坊を抱っこしたときの感覚を思い出して、祐介は一人、うっとりと独り言《ご》ちた。

あれからしばらく経ってラフィークが戻り、赤ん坊もキトも健康状態に問題はなく、とても安産だったことを確認してくれた。

赤ん坊はキトの乳をたっぷり飲んで、ずっとキトの傍にくっついて寝ているようだ。

これから乳離れするまで城の中でキトやバラクたちと過ごし、その後ある程度大きくなって自由に変身できるようになるまで、安全な城の中で育てられることになるようだ。

「祐介、夜食を作ってきたが、一緒にどうだ？」

「わ！　食べる食べる！」

ラフィークが盆を持って寝室にやってきたので、起き上がって部屋の隅にあるテーブルのほうに行く。

スライスしたパンにトマトを乗せ、オリーブオイルとニンニク、塩コショウをかけて焼いたものだ。温かい紅茶をカップに注ぎながら、ラフィークが言う。

「そなたがいてくれたおかげで、今夜は皆が助かった。礼を言う」

「俺は大したことしてないよ。魔獣を追い払えたのだって、キトの赤ん坊のおかげだし」

「そなたが松明に薪をくべて回ってくれたからこそ、キトも安全に出産できたのだ。この城とて、大勢に攻め込まれれば落ちる可能性もあったからな」

「そう言ってくれると、俺も役に立てたかなって思うけど。でもそれこそ、赤ん坊に感謝だよね」

『いっぱい鳴いて、魔獣なんて追い払っちゃいなさい』

キトが言った言葉は祈りや願いではなく、獣人の赤ん坊の能力を示すものだったと知ったのは、出産の手伝いがすんでひと息ついて、外から魔獣の気配がしてこないことに気づいたときだった。

厨房のたらいで赤ん坊の体を洗っている間、赤ん坊は元気に鳴き続けていて、初めて動物の赤ん坊に接した祐介は大丈夫なのかと不安になった。ナジムがとても愛《いと》おしそうに猫の目を細めて赤ん坊を眺め、ひとまず今夜は皆安全に過ごせるだろうと言っていたのだが、それがどういう意味かもわからなかった。

王族と人間の子供ほどではないが、獣人同士の赤ん坊の産声にも穢れを浄化する力があると、以前ラフィークが言っていたのを思い出すまでは。

「城の外の魔獣たち、ほんとにもうみんないなくなってた？」

「ああ。数頭はオアシスの外で灰になって、砂に返っていたぞ」

「そっか。この世界で赤ちゃんが生まれるって、すごく尊いことだったんだな！」

魔獣を追い払うだけでなく、その穢れをも浄化し、冥府へと送り届ける力。

それをもっとも強く発揮するのが、王族と人間の番との間に生まれる子供だ。この世界を救う、皆に待ち望まれている子供なのだ。

（もう迷ってる場合じゃ、ないよな）

ラフィークと番になって、子供を産みたい。皆が必死に生きて、懸命に暮らしているこの世界を救いたい。

たとえもう元の世界には帰れなくても、この世界で与えられた使命を果たしたい。

心の底から、そんな気持ちが湧いてくる。

「ラフィーク。俺、あんたの番になるよ」

「祐介……？」

「それで、この世界を助けたい。俺に、そうさせてくれる？」

ラフィークの青い瞳《ひとみ》を見つめて訊ねると、ラフィークが笑みを見せた。

「そなたがそうしたいと言ってくれるのなら、これほど嬉しいこともないが……、獣人の子を取り上げて気が高ぶっているであろう今夜、性急に答えを出してしまってよいのか？」

「急にってわけじゃないんだ。あんたやみんなが、このオアシスで懸命に生きてるの見てきて、俺も俺にできることをしたいなって思うようになったし。それに……」

祐介は口ごもり、かすかに頬《ほお》が熱くなるのを感じながら続けた。

「……俺、あんたのこと、好きだし。あんたとだったら、番になって子供を産んで、ずっとこの世界で暮らしても、いいかなって……」

真っ直ぐすぎる告白の言葉に、頭がかあっと熱くなる。

こんなのは、自分にとって一世一代と言ってもいい。

ラフィークがああ、と甘い吐息を洩らして、うっとりとこちらを見つめる。

「そなたのその言葉が、俺には何よりも嬉しい。そなたは、俺を想ってくれているのだな？」

「う、うん」

おずおずと答えると、ラフィークが椅子《いす》からすっと立ち上がり、祐介の前にひざまずいて手を取った。

「俺もそなたを愛している、祐介。俺の伴侶《はんりょ》となって、世継ぎの子を産んでくれるか？」

「いいよ。俺、子供産むよ！」

そう言うと、ラフィークが手の甲にちゅっと口づけてきた。

こちらを見上げる青い瞳を、祐介は吸い込まれそうな気分で見返していた。


祐介がラフィークの正式な番になると決めたことは、すぐにオアシスの皆に伝えられた。

民たちはとても喜んでくれたし、ナジムなどはまたしても泣き出しそうなほど感動してくれていたので、祐介としても決断してよかったと思っている。

善は急げ、ではないが、こうなったら一日でも早く世継ぎの子をもうけたい。

翌朝、もうこのまますぐにでも番になるための儀式に臨もうかと、ラフィークとそう話していたのだが。

「……なんか、すごく美味《うま》そうな匂《にお》いがしてきたね？」

「そうだな」

「俺、腹減ってきちゃった。どんなごちそうが出てくるのか、楽しみだな」

食べ物のいい匂いが漂ってくるのは、城の会堂からだ。民たちが番の絆《きずな》を結ぶことになった二人を祝福したいと、ささやかな宴を開いてくれるというので、祐介はラフィークと二人、しばし会堂の外で待っている。

楽しげな顔をして入り口に近づいて、ラフィークが訊ねる。

「そろそろ中に入ってもよいか、皆の者？」

『……もう少々お待ちを、ラフィーク様、祐介様！』

会堂の中からナジムの声が聞こえる。

張り切って場を取り仕切ってくれているのだ。思わずラフィークと顔を見合わせてクスクスと笑っていると、やがて中から楽器の演奏が聞こえてきた。

『お待たせいたしました、どうぞお入りください！』

楽器の音とともに、ナジムの声が届く。ラフィークと二人で会堂に入っていくと。

「おめでとうございます、ラフィーク様、祐介様！」

「おめでとうございます！」

民たちが左右に並んで立ち、ラフィークと祐介の頭に香りのいい花びらをまいて祝福してくれる。

その列を通り抜けると、弦楽器や太鼓のような楽器を演奏している獣人たち、その調べに合わせて舞を舞っている獣人たちや、跳ね回っている幼獣たちがいて、そのさらにむこうには、祝宴の卓がいくつも置かれていた。

卓の上には、皆で作ってくれたのであろう料理の数々が並べられている。

こんなにも祝福してくれているのだと、嬉しくなってしまう。

「本当に長々とお待たせして申し訳ありません。ささ、お二人はどうぞこちらへ」

ナジムが傍にやってきて言う。

尾を振りながら歩くナジムについていくと、会堂の奥、皆の卓を見渡せる場所に、赤い絨毯《じゅうたん》が敷かれた特別な席が設けられていた。カルナーンへ来ることになった日に出席した友達の結婚式を思い出して、祐介は思わず言った。

「わぁ、高砂《たかさご》みたいだ」

「たかさご、とは？」

「結婚式で、新婚の二人が座る席だよ。はは、ここに座る日が来るなんて、まさか思ってもみなかったなぁ」

妙な感慨を覚えながらラフィークにそう言って、二人で席に着く。

すると先ほどの楽団と踊り手たちが目の前に来てくれ、さらには数人の歌い手たちも加わって、歌と踊りを見せてくれた。

ラフィークが嬉しそうにささやく。

「言祝《ことほ》ぎの舞と歌か。久しいな」

「それって、何か特別なもの、なんだよね？」

「ああ。王都での祝いの席ではよく披露されていたが、ずいぶんと長く目にしていなかった。ナジムと皆で工夫して、再現してくれたのだろう。とても素晴らしい！」

（確かに、素朴だけどあったかくて、いいな）

よく見ると、いつもはシンプルで地味な装いの獣人たちが、襟や袖などに少しずつ色鮮やかな布や飾りを取り入れて身につけているのがわかる。

会堂のアーチ状の天井や壁には幕が張られ、質素な中にも祝宴の雰囲気を盛り上げようという気持ちが伝わってくる。

ラフィークが感慨深げに言う。

「水が涸れ、住む場所を追われて、カルナーンからは色が失われてしまったが、民たちの俺たちへの祝福の気持ちはこんなにも色鮮やかなのだな。その気持ちに、俺は応《こた》えたい」

ラフィークが言って、民たちのほうへすっと手を伸ばす。

瞬間、部屋の中がさあっと極彩色に染まり始めた。

「おお……！」

「まあ！」

踊り手の装束が美しく豪奢《ごうしゃ》な舞衣装に変わり、楽器奏者や歌い手のそれもきらびやかな飾りのついたものに変化する。

それればかりか、卓に集う民たちの衣服も金糸や鮮やかな糸で織られた晴れ着に変わっていき、会堂の柱や天井、壁の幾何学模様の装飾も、きらきらと磨き上げられたように美しくなった。幼獣たちもリボンや飾りをまとい、動くたびにしゃらしゃらと可愛らしい音を立てる。

ラフィークが魔術をそんなふうに使うのを、初めて見た。

(でもこれが、本当のカルナーンなんだな?)

今は失われてしまった、この世界のかつての光景。

年のいった民たちの中には、感動の涙を流している者もいる。若い獣人や幼獣たちも、どこか心躍る目をしている。みんなこの世界が本当はもっと壮麗で美しいことを知っているのだ。

自分が世継ぎを産むことで、この世界に輝きを取り戻せるのなら。

それは祐介にとっても心からの喜びだ。何か胸に迫るものを感じていると、ラフィークが民たちに目を向けた。

「皆の者、このような祝いの席を設けてくれて、心から感謝する。ありがとう」

穏やかな声でラフィークが告げて、笑みを見せる。

「今日はそなたたちも存分に楽しんで、つかの間憂いを忘れ、くつろぎのときを過ごしてほしい。それが王である俺の願い、そして喜びだ」

民への気づかいに満ちた優しい言葉。この素晴らしい王の番になるのだと思うとそれだけで嬉しく、誇らしい気持ちにもなる。

心満たされる思いで、祐介はラフィークの精悍《せいかん》な横顔を見つめていた。

その日の夕刻。

皆で心ゆくまで宴を楽しんでから、ラフィークとともにいつもの寝室へと入っていくと、ベッドには薄いカーテンが下がっていて、シーツの上には香りのいい花の花びらがまき散らされていた。

王と番の新床らしく整えるよう手配してくれたのも、ナジムだろうか。

（きっと、こうなる運命だったんだな）

人の世では今一つぱっとしない人生だったが、このカルナーンに来て、したいこと、すべきことが見つかった。

自分のことを好きだと言ってくれる男を好きになって、番になって子供を産む。

予想もしなかった生き方だが、今は楽しみでしかない。

「……それで、えっと……、番の儀式って、何をするの？」

カーテンをよけてベッドに腰かけ、ドキドキしながら訊くと、ラフィークが祐介の頬にそっと手を触れ、顔を近づけて言った。

「まずはそなたを、子を孕《はら》める体に変える」

「あの、今さらだけど、それって体が女の人みたいになるってこと？」

「いや、そうはならぬ。そなたはもう長くこの体で、男として生きてきたのだ。身体の大きな変化は心の平安を乱すゆえ、見た目を変えることはない。そなたの体に、新たに子の宿り場が加えられるというだけだ」

「……それ聞いて安心したよ。えっと、じゃあ、産むときは？」

「空と大地の霊力と、赤子自身の魔力によって、安全に腹が開かれる。痛みや傷を負うことはない」

キトみたいに産むのかと思っていたが、ちょっと想像がつかない出産方法だ。ラフィークがふふ、と笑う。

「今はまだ理解せずともよい。王族の誕生は奇跡のようなものなのだ。恐れることもない」

「よくわからないけど、あんたがそう言うなら、信じるよ。それで、赤ちゃん産める体になったら、次は？」

「そのまま体が昂《たかぶ》って、発情が始まるはずだ」

「発情……、って、猫がすごい声で鳴いてるやつだよね？」

「そなたは鳴きはせぬだろうが、まあ、そのようなものだ。そして熱く深く結び合う。獣の姿の俺とな」

「……！」

そういえばこの間、そんな話を二人でしていたのを思い出す。

獣の姿のラフィークとのセックスを、まさかこんなにもすぐに体験することになるなんて思わなかった。あのとき答えたように、ラフィークだと思えば嫌悪感などはないものの……。

「怖いか？」

「う……、ちょっとだけ。なんか前に、チクチクするって聞いたことあるし」

「チクチク？」

猫科動物の雄の生殖器には、雌に痛みで排卵を促すために、細かいトゲがついている――。

以前どこかで、そんな話を聞いたことがある。

祐介の言わんとしていることに気づいたのか、ラフィークがああ、と小さくうなずき、祐介の額に彼の額を押し当てて優しく告げた。

くれ」

「その点は心配するな。獣人は純粋な獣ではない。古《いにしえ》の時代より、人と番《つが》えるよう体が変化してきたのだ。そなたを苦しめることはないと約束する。どうか俺を信じて、任せて

ラフィークを信じているし、ここまできたら覚悟は決まっている。

祐介がこくりとうなずくと、ラフィークが額を離し、低く訊いてきた。

「ほかに疑問はないか？」

「今は、ないかな」

「では始めるとしよう。何か気になったら、都度訊いてほしい」

「うん……」

ごくりと唾《つば》をのんでうなずくと、ラフィークが手のひらをこちらに向けた。

その手が虹色に光り、そっと祐介の額に触れる。

「カルナーンの王、ラフィークが、空と大地にこいねがう。我が伴侶、祐介の身を変転させ、その胎《はら》を開かせたまわんことを」

「……っ」

ラフィークの手が顔を滑り下り、喉《のど》と胸をなぞって、へその下あたりに触れる。

指先で押されてそこに小さな衝撃を感じ、続いて腹の中がじわりと温かくなったから、自分の身に何かが起こっているのだとわかった。

腹の中が女性みたいになっているのだろうか。

「……んっ？」

腹の底のほうが何かトクンと疼《うず》いて、温かさがじわじわと広がってくるような感じがしたから、ラフィークの顔を見つめた。彼の青い瞳を見ているうち、なぜか脈が速くなって、体が熱くなってくる。

これはいったい……。

「体の変化を感じるか、祐介？」

「感じる。これ、何……？」

「体が昂り始めているのだ。俺の子種を求めてな」

「子種……！」

発情というのはつまりはそういうことだ。体に雌の機能がそなわったことで、動物の生殖本能が目覚めているのかもしれない。

「う、なんか、体、熱いっ」

もぞもぞと衣服を脱ごうとするが、手がもたついて上手くできない。

ラフィークが手伝ってくれてなんとか裸になると、今度ははあはあと息が荒くなってきた。

「ヤバ、いっ、体が変！　腹ン中、ぐつぐつ、してるっ」

腹の底が滾《たぎ》り、全身が熱くなっていくせいか悪寒すら覚えるのだが、決して具合が悪いわけではない。酒に酔ったときみたいにいい気分で、視界がピンクがかっていく。

「あ、あっ、俺、勃《た》って、きた……！」

欲望がぐんと頭をもたげ、ひとりでに屹立《きつりつ》して張り詰めてきたから、思わず声が裏返る。

不思議なものでも見るみたいに己が欲望を眺めると、ラフィークがふふ、と小さく笑った。

「可愛いぞ、祐介。期待の涙まで流しているのか？」

「んんっ！　も、変に、なっちゃうっ、座って、られ、なっ」

くたりとベッドに倒れ、火照《ほて》る体に自ら手で触れる。

胸も腹も下腹部も、火がつきそうに熱い。おそるおそる自分で雄蕊《ゆうずい》に触れたら、仰《の》け反《ぞ》りそうなほど感じてしまった。

でもこれは、抜きたいとかそういう欲望ではないように思う。

ラフィークと抱き合いたい。彼の雄で感じまくって、腹の奥にたっぷりと彼のものを出してほしい。

彼と結び合いたいという、切実な欲望なのだ。

「俺、こんなの初めてだっ。もう今すぐ、あんたと一つになりたいよっ」

泣きそうな気分でラフィークを見上げて、祐介は哀願した。

「抱いてよ、ラフィークっ……、獣になって、俺にあんたの子種、いっぱい注いでっ！」

「……ああ、いいとも、祐介。そなたに悦びと愛を与えよう」

ラフィークが言って、衣服を脱ぎ捨てる。

そうしてブロンズのように輝くたくましい胸いっぱいに空気を吸い込み、そのまま獣の姿へと変身した。

「あっ……！」

目の前に現れた、大きな黒豹。

雄々しく美しいその姿を見ているだけで、腹の底がじくじくと疼いてくる。欲望の先からは透明液がとろとろと溢れ、はしたなく添えた指を甘く濡《ぬ》らしていく。

黒豹の姿のラフィークに、自分はたまらなく欲情している。獣の男根で秘められた場所を貫かれ、腹いっぱいに蜜《みつ》を注ぎ入れてほしくて、気が変になりそうだ。

「ちょう、だい、ラフィークっ！　俺のこと、ちゃんと番にして！」

潤んだ声で言いながら、熱い体を反転させてうつ伏せになり、膝をついて腰を高く上げる。股座《またぐら》から両手を伸ばし、自分の指で窄《すぼ》まりをなぞってみせると、ラフィークがそこに獣の顔を近づけ、舌でぴちゃぴちゃと舐め始めた。

「あっ、ぁあ、あんっ」

唾液《だえき》をたっぷりと含んだ熱い舌で柔襞《やわひだ》を舐《ねぶ》り立てられ、尻《しり》がビクビクと弾む。

ひげや顔の獣毛が尾てい骨のあたりに触れ、ちくちくとして少しばかりくすぐったいけれど、獣に窄まりを舐められているのだと思うと、それだけでゾクゾクしてしまう。

孔を舐める舌の感触もたまらなくよくて、腰を支える膝が震えてしまいそうだ。

「は、ぁあ、ラフィ、クっ、ラフィークゥ！」

腰をくねらせ、尻を突き出すようにして、ラフィークの舌技に酔う。

肉厚な舌は徐々に襞をほどいて、ぬらり、ぬらりと中にまで入り込んでくる。

獣のそれが人のものよりも長いからか、丸めた舌をくぷりと沈められ、抜き取られると、それだけで内襞にざわりと快感が走った。

「ああ、気持ち、いっ、舌、きも、ちぃ……！」

とぷり、とぷりと音を立てて、ラフィークの長い舌が祐介の中をまさぐってくる。

唾液をほどこしながら丁寧に内筒を開かれて、中がとろとろと熟れてくるのが自分でもわかる。子を孕める体に変化したせいなのか、そこがひたひたと潤んでくるのもはっきりと感じられた。

祐介自身は雄々しく張り詰めて苦しいほどなのに、後ろは母胎となるべく柔軟にほどけ、ラフィークを欲しがってしっとりと濡れている。

まるで両性具有になったみたいだ。自分の体なのに、とても不思議な感覚だ。

「ラフィークっ、ねえ、もう欲しいよっ」

「ああ、俺もだ。番うぞ、祐介」

ラフィークが言って、四つに這《は》った祐介の腰のあたりを前足で押さえるようにして、背後からのしかかってくる。

ほどかれた後孔に雄の切っ先が埋め込まれ、そのままズブズブと沈められて――――。

「ああっ、ぁあああっ……！」

肉茎を最奥までつながれた瞬間、一息に絶頂まで舞い上げられ、全身が愉悦に震えた。濡れた肉筒はきゅうきゅうとラフィークを締めつけ、祐介自身の先からは白蜜がドッとこぼれ出てくる。

挿入されただけで頂《いただき》に達してしまうなんて、初めてのことだ。ラフィークが小さくうなって言う。

「ふふ、なかなかに鮮烈な発情ぶりだな。そんなにも俺を求めてくれているとは、嬉しい限りだ」

「ラ、フィ、クっ……」

「愛しい祐介。何度でも、悦びに身を委《ゆだ》ねるといい」

「あっ、ひ、ぁあっ、はあぁ……！」

蠢動《しゅんどう》する肉襞を熱の楔《くさび》に擦られ、快感で上体が跳ねる。

それをラフィークが爪《つめ》を立てずに前足で押さえ、しなやかに腰を使って内奥をズンズンと穿《うが》ってくる。

腰を打ちつけられるたび双丘に柔らかい獣毛が触れ、獣のラフィークに抱かれていることを実感する。

「は、ぁあっ、ぃ、いっ、あんたが、奥までくるよぉ」

祐介の中はいつになく蕩《とろ》けて、ラフィークが剛直を抜き差しするだけでぬぷ、ぬぷ、と淫靡《いんび》な水音が上がる。

いつもの感じる場所や奥の狭いところをラフィークの切っ先に抉《えぐ》られ、しびれるような快感を覚えるたび、中がうねってますます潤んでいくようだ。

肉襞はラフィークの幹にからみつき、もっともっとと奥へと引き込む。この身の奥底に灼熱《しゃくねつ》の蜜液を解き放ってほしいと、体が熱く切なく求めているのだ。

「ああ、そなたが俺を締め上げてくる……、このまま、搾り出されそうだっ」

「出してっ、あんたの、欲しいっ」

「くっ、そのように煽《あお》るな。抑えが効かなくなるではないかっ」

ラフィークが息を荒くしながら言って、祐介の背中に身を寄せる。

肩のあたりを甘く噛まれ、腰の動きを激しくされて、喉からひぃっと悲鳴が出た。

「あぁ、あああっ！　そ、んなっ、かき回、しちゃっ」

ラフィークが腰を揺するみたいにして熱棒で中をかき混ぜてきたから、腰がはしたなく弾む。互いのいい場所が擦れ合って、体が快楽に溺れていく。

荒々しく性急で野性的な、獣の王とのセックス。

それは交尾であり、愛の行為でもある。ガクガクと腰が砕けそうなほど身を揺さぶられ、腹の底がまた熱を帯びてくる。

「あぐ、ううっ、ラフィ、クっ、俺、またっ」

「気をやりそうか？」

「う、んっ、腹ん中ヒクヒク、してっ……」

「ではともにゆこう。俺とそなたとで、天を舞うほどの悦びを感じ合おうっ」

「ひああっ、はあっ、あああああっ！」

腰を支える膝が浮き上がるほど激しく突かれ、視界がぐらぐらと揺れ動く。

肉筒を擦り立てられて沸き上がる快感と、ラフィークと一つになっている喜びとで意識が揺らいで、知らず涙が溢れてくる。

やがて腹の奥から、また頂への大波が押し寄せてきて……。

「ぁっ、あっ……、ィ、クッ、いっ、ちゃ……！」

再びの絶頂に、視界がチカチカと明滅する。

切っ先から白蜜を垂れ流しながらビクビクと尻を震わせていると、ラフィークがおう、と哮《たけ》るような声を上げ、腰を揺すり上げて動きを止めた。

「う、ぁっ、熱、いっ、あんたの熱いのがっ、あっ、あんっ、うぅっ……」

何度も中に出されているけれど、なんだか今までとは違う量と熱だ。

ざあ、ざあ、と腹の中に大量の男精を吐き出され、それだけで何度も小さく極めてしまう。この一度の交合だけですぐにでも子を孕まされそうな勢いに、甘い戦慄《せんりつ》を覚える。

自分はこのカルナーンの王、ラフィークの本物の番になったのだと、そんな気持ちが胸に湧いてきて、むせび泣いてしまいそうだ。

「ラフィ、クっ」

「祐介、愛しい我が番……！」

慈しむようなラフィークの声が、汗ばんだ背中に落ちる。

やはり二人は、こうなる運命だったのかもしれない。

腹の底から満たされるみたいな喜びに、祐介はうっとりと浸っていた。


祐介の発情は、それから一週間ほど続いた。

その間、ラフィークは祈りの時間以外ずっと傍にいてくれて、二人は食事もそこそこに何度も結び合い、まるで蜜月のような時間を過ごした。

その後発情は治まったが、さすがに消耗が激しかったようで、祐介はそれから一週間、ほぼ床に伏して静養していた。

一方ラフィークは、この間の襲撃で壊れたオアシスの外壁を直したり、近隣の集落を見回ったり、防壁を作り直したりと、相変わらずタフに動き回っている。

先日の泉での様子からすると、ラフィークだってかなり疲れが溜まっているのではないかと、祐介は少し心配しているのだが。

「……お、いい天気だなぁ」

ラフィークと番になり、新床に入ってから、そろそろ二週間。

徐々に元気になってきて、ベッドに寝ているのにも飽きたので、祐介はのっそりと起き出して、寝室からテラスへと出てみた。

昼にはまだ早い午前の、ゆったりとした時間。空は高く、いつものようにくっきりと晴れていて、庭からは幼獣たちが遊びたわむれている声が聞こえている。

目に映る光景は、今までと何も変わってはいないのだが――――。

(……なんだろう。世界がキラキラしてる……？)

それはラフィークの正式な番になったからなのか、それとも子を孕める体に変わったからなのか。

目の前の世界がなんだかとても綺麗で、幼獣たちの声も耳に心地いい。

砂漠から吹いてくる風は、前は無味乾燥だったのに、今はかすかな匂いを感じる。

それは植物や動物の匂いのようで、この世界には確かに命が息づいているのだと、そんなことを実感する。

これまでよりもいろいろな感覚が研ぎ澄まされた感じで、とても新鮮だ。

人間だから魔術など使えるはずもないのだが、もしかしたら自分の中の何かが変わったのだろうか……?

「……祐介。起きて大丈夫なのか?」

「ラフィーク! ……え、なに、その小動物まみれは!」

庭から階段を上ってテラスにやってきたラフィークの肩や頭、両腕に、兎《うさぎ》やリス、子犬に子猫など、小動物がたくさん乗っていたから、驚いて目を丸くした。

ラフィークの手には大きさの違うブラシが何本かある。

これはもしかして。

「少々毛並みを整えてやろうと思ってな。そなたもどうだ?」

「あ、やるやる!」

幼獣たちはだいたい自分で毛づくろいをするが、ときどき人の手でブラッシングしてやるとものすごく喜ぶ。大きめの幼獣にわしわしとブラシをかけるのも楽しいが、小動物は何しろ小さくて可愛らしいので、こちらもなんだか癒《いや》されるのだ。

ひなたに椅子を出してきてラフィークと並んで座ると、リスが二匹、ぴょんと膝に乗ってきた。

「ゆうすけさま、ブラシ、して？」

「しゃっしゃって、して？」

「くう、めっちゃ可愛いな！　いいよぉ〜」

ラフィークに一番小さなブラシを貸してもらい、二匹の背中を交互に優しく擦ってやる。

気持ちがいいときに目を細めるのは、どんな動物も同じなのだろうか。満足げな様子が可愛くて、知らず笑みがこぼれてしまう。

兎を膝に乗せてブラシをかけながら、ラフィークが言う。

「今朝《けさ》の体調はどうだ、祐介？」

「もうだいぶいいよ」

「そうか。回復したのならよかった」

ラフィークが安心したように言う。

「心はどうだ。落ち着いているか？」

「そう思うよ？　ていうか、むしろ前より気分がいい。世界がキラキラ〜ってしてる」

「キラキラ？」

「うん。よくわかんないんだけど、そんな感じ。はい、できたよ！　次は誰《だれ》？」

「はあーい」

リス二匹のブラッシングが終わると、今度は子犬が膝に乗ってきた。

犬種には詳しくないのだが、手足が太いから大きくなりそうだ。首から背中のあたりにブラシを当てながら、祐介はちらりとラフィークの顔をうかがった。

「……っ？」

彫りの深いラフィークの顔に、どこか暗い影が落ちているように見えたから、あっと声が出そうになった。

先ほどから感じている感覚が研ぎ澄まされているみたいなのは、どうやら気のせいではないらしい。世界が美しく輝いて見えるのと同じように、ラフィークがひどく疲れているのも鮮明に見えるのだ。

でもラフィークは、それを見せまいとしている。おそらく彼はずっとそうしてきたのだろう。たった一人の王族として、民を守ってきたのだから、そうしなければならなかったのはわかるのだけれど。

（これからは、隠さないでちゃんと見せてほしい）

祐介とラフィークとは、生涯をともにする番同士なのだ。弱いところも見せあって、互いに支え合っていきたい。

祐介はそう思い、探るように訊ねた。

「ラフィークのほうはどう？　あんまり、休んでないみたいだけど？」

「何も問題はない」

「……って、言うと思ったんだよね。あんたって、ほんと人に弱みを見せないよねえ？」

小さくため息をついて、祐介は言った。

「あのさ、俺はもうあんたの番になったんだから、これからは遠慮なく言わせてもらうけどね？　あんた、ちゃんと休まなきゃ駄目だと思うよ？」

「祐介……」

「王として、みんなのために尽くしてきたことは尊敬してるよ？　だけどちゃんと休むのだって、王の大事な仕事だと思わなきゃ。せめて半日くらいでもさ？」

いきなり女房面するみたいでやや気が引けたが、思ったままを言ってみると、ラフィークが真面目《まじめ》な顔をしてこちらを見つめた。そのまま、思案げな声で言う。

「ふむ……、そうか。それは確かに、そうだな。しかし……」

「ほら、そこでしかしって言わない！」

「う、うむ……？」

「半日が無理なら、午前中だけでものんびり過ごすこと。一人じゃできないなら、みんなと一緒にひなたぼっことか、どう？」

祐介の提案に、ラフィークが目を丸くする。今まで、そんな時間を過ごしたこともなかったのだろうか。

「ほっほっほ！　これは祐介様の勝ちですなぁ！」

不意に屋根から、ナジムがひょいとテラスに下りてきて、楽しげに言う。

「臣下の私も民たちも、ついラフィーク様に甘えておりましたが、本来はそのように直截《ちょくさい》な進言をすべきだったのでありましょう。おお、ラフィーク様は、本当によきお連れ合いをお迎えになられましたなぁ……！」

泣きそうな声で、ナジムが言う。

今まで誰も言わなかったわけではないのだろうが、やはり今のカルナーンの状況では、ラフィークに休めとは言いづらかったのだろうか。

「……そうだな。祐介のように言ってくれると、俺もとてもありがたい」

ラフィークがブラッシングを終えた兎を放し、次に猫を抱え上げて、笑みを見せて言う。

「甘えていたのは民たちではなく、俺のほうだな。民たちや祐介に心配をかけても、王としての務めを果たすためならば、致し方ないと考えていた」

「ラフィーク……」

「これからはもっと、皆の気持ちを受け止めよう。今この世界は新たな希望に満ちている。まるで夜明けを待っている気分だ。カルナーンが新しい朝を迎えても、俺はよき王でありたいと思う」

新たな希望。それは祐介も胸に抱いている。

祐介が世継ぎの子を孕み、無事生まれてくれればこの世界はよくなっていくのだ。

そして祐介は、ラフィークとともにこの世界で生きていくのだから。

「ゆうすけさま」

「ゆうすけさま、おきた！」

庭からメルとナルが上ってきて、元気よく傍まで駆けてくる。

祐介が床に臥《ふ》せっていた間、気になるのかいつも部屋まで来てくれていたが、具合が悪いのを察してか、部屋の入り口からチラチラ様子を見ているだけだった。

ずっと「ゆうすけ」と呼び捨てだった名前にも敬称をつけたりして、二頭も祐介とラフィークが番になったことを理解しているようだ。

祐介の脚に頭をついっと擦りつけて、メルが言う。

「メルもブラシ、してほしい」

「ナルも」

「いいよ。いい子で順番待てるならな？」

「まてる」

「まってる」

子犬のブラッシングをしている祐介の足元に、二頭がちょこんと座る。

微笑《ほほえ》ましそうに二頭を見て、ラフィークが言う。

「おまえたち、成長したな。今までは我先にと膝に乗っていたであろう？」

「ちいさいこ、くるから」

「おにいちゃん、なるから」

「……何……？」

猫にブラシをかける手を止めて、ラフィークが訊き返す。

メルとナルの言葉の意味はわからなかったが、ラフィークが驚いた顔をしているので、祐介は小首をかしげた。

するとラフィークが、ゆっくりとこちらを見つめた。

「……そなた、本当に体調に変化はないか？」

「ん？　特にないと思うけど……、えっ、な、何っ？」

ラフィークがいきなり、二人の膝の上の猫と子犬をひょいと抱き上げ、祐介の腹に頭を近づけて耳を押しつけてくる。

それからどこか神妙な顔でこちらを見上げて、ラフィークが言った。

「……さすがに俺にもまだわからぬが、そなた、もしやもう子を孕んでいるのかもしれぬぞ？」

「えっ！」

「そう感じるのだろう、メル、ナル？」

「かんじる。ちいさいこ、いる」

「とても、ちいさい」

くりくりとした丸い目でこちらを見ながら、メルとナルが言う。

自分ではまったくわからないが、もしかして本当に妊娠している――――？

「おお……、おお、なんと喜ばしいことでしょう！」

ナジムが感極まったように言う。

「幼獣の直感はときに魔術にも劣らぬもの！　ご懐妊に間違いないでしょう！」

「そ、そうなのかな、本当に？」

「ああ。はっきりとそれがわかるのは、もう少し先であろうがな」

ラフィークもうなずいて、感慨深げに続ける。

「そうか。そなたの腹に、子が……。本当に、これほど喜ばしいこともないな」

みんなにそう言われると、祐介としてもとても嬉しい。

服の上から腹に手を当ててみても何か感じるわけではないが、キトが産んだ赤ん坊の温かさとしたたかな重みを思い出すと、なんだかワクワクしてくる。

「えっと、今もう腹にいるとしてさ、どのくらいしたら生まれるんだろ？」

「獣人の子供は、獣と同じくらいの間、腹の中で育つ。これから三度月が巡る頃には、おそらく」

「三か月もないってことっ？　あっという間だね？」

確か人間は十か月くらいだったはずだから、ずいぶん早い。

でももし本当に妊娠していて、このまま無事に生まれてくれるなら、三か月と少しすればこの世界の困りごとは解消されるということでは……？

「そっか。なんかやっぱり、運命ってやつなんだな、これって」

祐介は言って、しみじみ腹を撫でた。

別にもう元の世界に戻りたいわけではないが、カルナーンに来てからまだ数か月だ。ここに来たとき、元の世界に戻れる機会は一年後だと言われていたのに、それよりずっと早くこういうことになるのだから、不思議なものだと思う。

「何事もなく生まれてくれるといいな。それで、元気いっぱい泣いてこの世界を救ってほしい」

「必ずそうなるとも、祐介」

ラフィークが言って、腹に添えた祐介の手に、彼の手を重ねてくる。

温かく大きなその手に安心感を覚えていると。

「……おや、鷲たちが戻ってきましたな？」

ナジムが空を見上げて言う。

エリフを先頭に、数羽の鷲が東のほうから飛んできていた。

「どこかに行ってたの？」

「ああ。東方の山間部に湧き水が出て、小さな池になっているようだと聞いたのでな。偵察に行ってもらったのだ。どれ、出迎えてやるか」

ラフィークが言って、猫と子犬を下ろし、立ち上がる。

そのまま庭のほうに歩き出したのだが――――。

「……！　ラフィークっ？」

「ラフィーク様っ！」

テラスの真ん中で、その大きな体がゆらりと揺れ、そのまま倒れてしまったから、驚いてナジムと駆け寄った。

顔をのぞき込むと蒼白《そうはく》で、目を閉じている。ナジムがむう、とうなり声を上げて言う。

「気を失っておいでだ。誰か、手の空いている獣人をここへ！　寝台にお運びせねば！」

「つれてくる」

「つれてくる」

メルとナルが請け合って駆け出す。

突然のことに動転して、祐介は呆然《ぼうぜん》とラフィークの顔を見つめているばかりだった。

「……祐介様、厨房のほうで、夕食の用意ができたそうですぞ」

「あ、うん。ありがと、ナジム」

その日の夕刻のこと。

ベッドで眠るラフィークの傍で、様子を見つつ椅子に腰かけて繕い物をしていたら、ナジムが声をかけてきた。

「ラフィーク様はいかがです？」

「変わらないよ。幼獣たちのごはんは？」

「民たちの手も借りまして、先ほど終えました」

「よかった。とりあえず今日やることはもうなさそうだし、明日には元気になってくれてるといいけど」

祐介は今まで、目の前で誰かが倒れるなんて経験したことがなかった。

ナジムもラフィークがこんなふうになるのを見たことはなかったそうだし、この世界における医療的なことに一番詳しいのが当のラフィークなのだから、みんなもただおろおろするばかりだった。

でも祐介は、一応現代社会で暮らしていたから、誰か倒れたらまずは脈と呼吸の確認をすべし、というのは知っていた。

落ち着いて確認してみると、脈はあったし息もしており、呼びかければ反応もあった。

とても慌ててしまったが、これはどう見ても……。

「……過労、だよね、やっぱり？」

「でしょうな。祐介様のお体にお子が宿ったと知って、張っていた気が緩んだのかもしれません」

ナジムが言って、ベッドの傍まで来る。

「ラフィーク様お一人で、ずっとこの世界を守ってくださっていたのです。我らが思うよりもずっとお疲れだったのは確かでしょう」

「だよね……」

彼が大変そうなのはだいぶ前からわかっていたし、負担を減らしたいと思っていろいろなことを手伝ってきたが、魔力を扱える存在である王族が、彼一人であることは変わらない。限界まで頑張っていたというか、本当はもう限界を超えてすらいたのかもしれない。

なんとかしてあげたいとか、もっといろいろできたのではとは思うのだが。

（俺は、腹の子をちゃんと産まなきゃ）

とても歯がゆいが今はそれが第一だし、ほかの誰にも代わってもらうことができない、祐介だけの務めだ。ナジムもその思いを察してくれたのか、気づかうように言う。

「祐介様も、今は無理のできないお体です。私がここについておりますゆえ、お食事や湯あみなどしていらしてください」

「うん、わかった。あとでまた来るね」

祐介は言って、ナジムにラフィークを任せて寝室を出ていった。

それから一週間ほどが経った、ある晩のこと。

「お、満月だ」

夕食を食べたあと入浴をして、幼獣たちがちゃんと寝静まっているか見て回り、ラフィークの様子を見に行こうと城の中を歩いていたら、窓から月が見えた。

三度目の月が巡れば赤ん坊が生まれるとラフィークが言っていたから、生まれるのはあとふた月後くらいなのだろうか。これからはこうして、月を眺めてその日を待つことにするのもいいかもしれない。

『……面目ない。無理をするなと言われていたのに』

倒れた翌朝、目を覚ましたラフィークにそう言って謝られたので、祐介はほんの少しほっとした。もちろん倒れたことはショックだったが、具合がよくなるまで寝ていろと半ば命令口調で言ったら、素直にうなずいてくれたからだ。

やはり疲れが溜まっていたのだろう。ラフィークはこの一週間、朝夕の祈りも休みにして、ほとんど寝室のベッドの中で過ごしていた。

でも今日の昼間に顔を見に行ったら、だいぶ元気を取り戻しているように見えた。かなり回復してきたのかもしれない。

ひとまずは、安心していいだろう。

（一人で寝るっていうのも、こうなってみると寂しいもんだしな）

カルナーンに来てから、祐介はずっとラフィークと同じベッドで寝ていたが、この一週間は別の部屋で寝起きしている。

人の世にいたときは一人暮らしで、夜も一人で寝るのが当たり前だったのに、こうして一週間ラフィークと別々に寝ているだけで、何やら味気なさを覚えるのだ。

自分はもう、好きな人の体温を感じながら一つ床で眠る幸せを知ってしまった。そして腹には彼の子供を宿している。

自分が幸福かどうかなんて考えたこともなかったが、今ならしみじみわかる。祐介の幸福は、今ここにあるのだと。

『――――しかし、それは……、むしろもう、お話しにならないほうがよいのではと、私は思いますが？』

ラフィークが休んでいる寝室まで来て、ドアをノックしようとしたところで、薄く開いたドアからナジムの声が聞こえてきた。

その声が何か少し潜められているように聞こえたから、気になってそっと近づく。

中をのぞき込んでみると、ナジムがベッド脇の椅子に座って、横たわるラフィークと何か話をしているのが見えた。

「そうもいかぬであろう。兄上を自暴自棄にさせた責任の一端は俺にもあるのだ。手違いだったではすまぬから、今のような事態になっているのだからな」

「しかし、祐介様はもう正式な番でいらっしゃいます。それを揺るがすようなことは……」

「そんなつもりはない。ただ筋は通したいのだ。ことと次第によっては、祐介を元の世界に帰すことになってもな」

（……何を、言ってて っ……？）

思いがけない言葉に、冷や水を浴びせられたみたいな気分になる。

この世界を救う世継ぎの子を産み、ラフィークとともに生きていくと、祐介はそう決心して彼と番になったのだ。それなのに、どうして今になってそんなことを……。

「ですが、ラフィーク様。左之助様の場合と祐介様では、状況が……」

「違いはないさ。左之助は兄王ではなく、俺の番となるはずの相手だった。今の俺がどうであろうと、それは否定しようのない事実であろう？」

「……！」

ラフィークの言葉に驚いて固まってしまう。

そんな事情があったなんてまさか思いもしなかった。ということは、もしかしてラフィークと彼の兄とは、左之助をめぐって恋敵のような間柄だったのだろうか。

もしやラフィークは左之助のことを――。

「っ……」

これ以上、話を聞いていたくない。

祐介は強くそう思い、音を立てぬよう気をつけながら、急いでその場から逃げていた。


「なんだよ、ことと次第によっては、っていうのは？」

とにかく気を落ち着けようと、祐介は一人城壁の上に出て、夜空の月を眺めながら言った。

元の世界に帰すだなんて、ラフィークはいったいどういうつもりでそんなことを言ったのだろう。

当然、それは子供を産んだらということだろうが、それでは祐介はまるで子産みの道具ではないかと、哀しい気持ちになる。

でもそんなふうに扱うつもりはないと、彼はそう言っていた。そのときのことを思い返しても、ラフィークの言葉に嘘《うそ》はないと感じる。先ほどの様子からも、祐介を軽んじる気持ちからああ言ったわけではないように思えた。

むしろ逆で、あれは彼の誠実さゆえの言葉ではないかと、そんな気がしてくるのだ。

(筋は通したい、って言ってたしな。でも筋って、なんだ?)

正式な番である祐介には話さないほうがいいと、ナジムが考えていること。

かつての番候補である左之助と兄王、そしてラフィークの関係。

あまり考えたくはないが、そこから思いつくことは、祐介には一つしかなかった。

左之助がこの世界にいたとき、ラフィークは彼のことを想っていたのではないか。

いや当時だけでなく、もしかしたら今でも……?

「……っ……」

ちくり、と胸に痛みを覚える。

考えるまでもなく、これは嫉妬《しっと》の痛みだろう。ラフィークがほかの誰かを好きなのでは、なんて、一番嫌な嫉妬のネタだ。

もちろん祐介は、ラフィークの真摯《しんし》なところを好きになったのだし、彼がどうしても何かを打ち明けたいと思っているのなら、黙っておいてほしいなどとは言わない。

けれどうっかり聞いてしまったせいで、知らなければ知らないですんだのに、みたいな気持ちもあって、それがまた胸をちくちくと刺してくるのだ。

「あーもう!　立ち聞きなんてするからっ!」

ラフィークはまだ本調子ではないのだし、今すぐどういうことなのかと問いただしたりするわけにはいかない。

だが聞かなかったことにして平静を装うのも、祐介にはなかなか大変だ。

明日の朝なら訊いてもいいだろうか。それとも我慢すべきか。

それ以前に、そもそもこんな状態では、明日の朝まで眠れなさそうで——。

「……んっ……？」

どうしたものかと一人頭を抱えていたら、城壁の上を突然ひゅうと冷たい風が吹き抜けたから、ぶるっと震えが走った。

砂漠に囲まれているせいか、ここは普段から夜はそこそこ涼しいのだが、今感じた風は何か異質な冷たさだった。ざわりと肌が粟立《あわだ》つのを感じて驚いていると。

（……なんだ、あの光？）

城壁の上の通路の先に、突然薄ぼんやりとした光が見えたので、びくりとした。

青白くて、温度を感じない光。

まるで人だまのようだとゾッとした瞬間、それが人のような形になったから、思わず叫びそうになった。

でもどうしてか声が出ない。足もすくんで動かない。人の形の光が、クッと笑いを洩らして言う。

『そなた、余が見えるのだな？』

「……っ」

『ふふ、それにその顔立ち……、確かに番なのだな、あやつめの』

およそこの世のものとは思えない、地の底を這うような低い声。

その感覚はおそらく正しいのだろう。こんなにも異様でまがまがしくて、こちらが身動きできなくなるような存在なんて、お化けか亡霊くらいしか思いつかない。

顔立ちというのはなんのことやらわからないが、あやつというのは、ラフィークのことか。

「……もしかして、ラフィークの、お兄さん？」

問いかけると、人の形の光がぼわっと大きくなり、中からひげを蓄えた男性の姿が浮かび上がってきた。鷹揚《おうよう》に両手を広げて、男性が言う。

『余はカルナーンの王、ジャーファル。そなたが末弟ラフィークの番だな？　名はなんと申す？』

「……お、れは……」

一瞬バカ正直に答えようとしたが、悪霊だとわかっている相手に自分の名前を知られるというのは、なんとなくあまりいいことではないような気がする。

知らないのなら知らないままにしておこうと思い、祐介はとっさに答えた。

「……左之、助？」

『なんだと？』

「何って……、お、俺の、名前……？」

　一瞬で思いついた偽名がそれだったのは、ちょっと安直すぎただろうか。

　ラフィークの兄、ジャーファルの亡霊は、何か考えるように黙っている。

　それからぎろりとこちらを見て言う。

『その顔で余の前でその名を名乗るとは、なんとも恐れを知らぬ人間よな。噛み殺されたいか？』

「……！」

『だがあえてその名を騙《かた》ったのなら、ことの顛末《てんまつ》も知っておるだろう。あやつはそなたになんと言った？　左之助は己が番になるべき相手だったのだと、いまだ傲慢《ごうまん》にもそううそぶいていたか？』

　ジャーファルが言って、怒りのこもった声で続ける。

『あやつに受けた辱めを、余は許しはせぬ。兄である余の番に邪《よこしま》な想いを抱き、誑《たぶら》かして奪おうとするなど、あやつは王族の恥よ』

「奪おうと、した？」

　ジャーファルの言葉に、またちくりと胸が痛む。

　ラフィークと対立している相手の言うことだから、もちろん鵜呑《うの》みにするつもりなどはないけれど、三人が三角関係のような状態に陥っていたのは、どうやら間違いないようだ。

立ち聞きした話も含め、二人の話が食い違っているので断定はできないが、やはりラフィークは、左之助になんらかの感情を抱いていたのだろうか……？

思わず動揺してしまっていると、ジャーファルがにやりと嫌な笑みを見せた。

『やはり話してはおらぬのか？　あやつは余が番として連れてきた左之助に想いを抱いたのだぞ？　あれこれと世話を焼き、甘い言葉で誘惑し、あまつさえ欲望を遂げようとしたのだ。思い悩んだ左之助は、死を以《もっ》て貞節を守ろうとすらした』

「……そ、んな」

『否定したい気持ちはわかるぞ？　だがそなたの顔を見れば見るほど、余はそなたが哀れに思えてくる。そなたはあれの身代わりだと、はっきりとわかるのだからな』

「みが、わり？」

『さよう。そなた、左之助に瓜二《うりふた》つではないか。五百年もの間、あやつはあれを想い続け、よく似たそなたを見つけたというわけだ。ふふ、存外一途《いちず》ではないか、我が弟も？』

ジャーファルの言葉の一つ一つに、グサグサと胸を抉られる。

ナジムが話さないほうがいいと言ったくらいだから、もしかしたらそれが昔の出来事の本当の事情なのかもしれない。

顔が似ているというのはよくわからないが――――。

（でもそういえば、なんかちょっと、変なときがあった）

初めて出会った晩、ラフィークは祐介の顔を不自然なほど凝視してきた。

神殿の泉の中で、祐介を左之助と見間違えたこともあった。

自分は本当に左之助の身代わりで、ラフィークがいまだに左之助を想っているのだとしたら、やはりとてもショックだし、哀しいものがある。

でも……。

（そういう話は、ラフィークの口からちゃんと聞きたい）

亡霊の話なんかに惑わされては駄目だ。祐介は毅然《きぜん》と言った。

「……ラフィークの考えを、あんたがわかるなんて思えない。だってあんたはもう、ずっと前に死んでるんだろ？」

恐れを抱きながらも、祐介は言った。

「ラフィークは、ずっと一人でこの世界のために尽くしてきた。ただ一人の王族として、ちゃんとやることやってきたんだ。なのにあんたは、魔獣をけしかけてみんなを困らせてる。王族として、どっちがカルナーンや民のためになってるんだよ？」

『賢《さか》しらなことを申すな。ひっそりと滅亡を待つだけのこの世界に、なんの価値がある？』

「なっ？　あるよ、あるに決まってるだろ！　みんな必死で生きてるし、ラフィークだって毎日祈りを捧げてるし！」

『王族はもはやあやつ一人ではないか。今さら何ができるというのだ？』

「一人じゃない、もうすぐ、世継ぎの子が生まれるんだから……！」

言い放った、その途端。

ジャーファルがかっと目を見開き、彼を形作る青白い光が炎のように大きくぼっと燃え上がった。

低く楽しげな声で、ジャーファルが言う。

『……なるほど、そうか。よく見ればそなた、うっすら魔力の光を発しておるな！』

「えっ……？」

『そら、その虹色の輝きよ。そなた、すでに懐妊しているのだな、王族の血を受けた子をっ？』

興奮気味に問いかけられ、思わず我が身をまじまじと見る。

そう言われてみれば、手や足の皮膚がほんのかすかに虹色をしている。ジャーファルが愉快そうに言う。

『そうか、そうであったか！　ふふ、はは、ははは……！』

目の前で青白い炎が形を変え、四つ足の獣の姿になったから、息をのんだ。

ラフィークとよく似た黒豹の姿だが、亡霊だからか透けたみたいになっている。

怖くなって後ずさろうとしたが、ジャーファルはどんどんこちらに近づいてくる。

というより、風船みたいに大きくふくらんで、祐介に迫ってきて……。

『このときを待っていたぞ！　そなたの腹の子は、余のものだっ――――！』

「ひっ……！」

目の前で巨大な黒豹の口が開き、そのまま体を丸のみにされる。

うかつだったと後悔しながら、祐介は暗闇の中に落ちていった。


「う、うん……？」

かすかに耳に届く水の音に、祐介は目を覚ました。

人や動物の気配がしない、薄暗い場所。

城の中ではないように思うのだが、ここはどこだろう。自分はいったい何をしていたのだったか……。

「あっ……、お、俺、どうなってっ……？」

巨大な黒豹と化したジャーファルの亡霊にのまれたことを思い出し、一瞬ではっきりと目が覚めた。慌てて起き上がって見回すが、どうやらそこはジャーファルの腹の中ではなさそうだった。

直径十メートルぐらいの平たい円形の砂地で、周りはぐるりと岩壁に囲まれている。岩壁には一か所だけ縦に溝のようなものができており、その下には水が溜まっているのがわかる。水の音はそこから聞こえているみたいだ。

目線を上げると、少し白み始めた様子の星空がのぞいていたが、岩壁が囲んで窄まっているせいか、丸く切り取られた天井のように見えている。

どうやらここは、深い穴の底のような場所らしい。

（もしかして、拉致《らち》された？）

亡霊だからと油断したつもりではなかったが、もう少し警戒すべきだったかもしれない。死んでいても王族だから、魔術でどこかに移動させられたのだろう。

『目が覚めたか、人間』

「！」

ジャーファルの声が筒状の壁に響く。

姿は見えないが、穴のてっぺんのあたりに例の人だまみたいな青白い光がふわりと浮いている。岩壁が相当高いことがありありとわかって、冷や汗が出てくる。

あの高さを自力で上ることは不可能だろう。自分が天然の牢獄《ろうごく》のような場所に囚《とら》われていることに気づいて、祐介は震えながら訊いた。

「ここ、どこなんだ？　俺を、どうする気なんだよっ？」

『むろん、子を産んでもらうのだ。王族の子をな』

「……赤ん坊、を？」

そういえばジャーファルは、腹の子は自分のものだと言っていた。

でもジャーファルは亡霊、しかもこの世界の穢れを取り込んだ悪霊だと、ラフィークは言っていた。赤ん坊が生まれ、産声によってこの世界が浄化されたら、力を失うのでは……？

「あんた、赤ん坊生まれたら困るんじゃないの？　穢れを取り込んで魔獣を操ってる、亡霊なんだろ？」

『霊体と呼ばぬか、無礼な人間め！　余はいまだこのカルナーンの王であるぞ！』

青白い光が憤慨したように言ったので、怒らせたかとビクリとしたが、ジャーファルはゆらりと揺れながら、低く言葉を続けた。

『だが、肉体がなければ実体を得られぬのは否定できぬことよ。よってそなたの腹に宿る王族の肉体を、余の第二の肉体としてもらいうけるつもりだ。あの忌々しい産声を上げる前にな』

「はっ？　なんてこと考えてんだよ、あんたはっ……」

おぞましい目的を知って、思わず腹を押さえる。

赤ん坊の体の乗っ取りを企《たくら》んでいたなんて、まさか想像もしていなかった。

だがそんな黒魔術の儀式みたいな恐ろしいことを、どう考えても空と大地が許すわけがない。実行したら、今度こそカルナーンが破滅してしまうのではないか。

「あんた、腐ってもこの世界の王じゃないのかよ！　そんなの、空と大地が許すわけないだろっ！」

『滅びゆくこんな世界はどうでもいい。空と大地など、獣人の歴史とともに潰《つぶ》れて消えればよいのだ』

ジャーファルが青白い光を明滅させて嘲笑《あざわら》うみたいに言う。

『余は体を取り戻し、そなたがいた世界へ行くつもりだ。あそこなら、獣が人間を食らっても空や大地の怒りを買わない。最高の狩場ではないか！』

「狩場って、人間を食おうってのっ？」

『何を驚く？　人間どもも動物の肉を食らうのであろう？　同じことではないか』

悪びれる様子もなく言われ、言い返す言葉が出なかった。

でも、肉食はこの世界では禁じられた行為のはずだ。王を名乗る者がそんなことを考えるようでは、空と大地の怒りをとくことは難しいだろう。

カルナーンをあるべき姿に戻すというラフィークやみんなの願いを、こんなふうに踏みにじられるなんて……。

「わっ？　うわ、わっ、ちょっ……！」

いきなり頭上から林檎《りんご》やオレンジ、梨《なし》などが降ってきたから、慌てて頭をかばう。

食べ物をよこすなんて、まさかこのままずっとここに閉じ込めておくつもりなのか。

青白い光を揺らめかせて、ジャーファルが言う。

『余は人の世に我が王国を築く。よい子を産むのだぞ、人間！』

「っ……、おい！　ちょっと、待って！」

無意味と思いつつも手を差し伸べるが、光はすっと空に消え、ジャーファルの気配が消えてしまう。

夜が明け始めたのか、明るくなっていた空を、祐介は歯嚙みしながら見上げていた。


「……くそう。こんな状況でも、腹って減るもんだなあ」

穴から差し込む外光の下、祐介は砂地に座り、ジャーファルがよこした林檎をかじりながらむなしくぼやいていた。

拉致されてから、四日目の昼だ。祐介は穴の底から恨めしく空をにらんでいる。なんとかしてここから出たいのだが、方法が見つからないでいるのだ。

あれからジャーファルは姿を見せないが、投げてよこした果物は、今日明日には食べ終えてしまうだろう。おそらくジャーファルはまた新しいものを持ってくるに違いない。悔しいが、こちらもそうでないと困る。

（いや、絶対来るだろ。俺を出産までここに置いとくつもりなんだろうしな）

穢れた悪霊が放り込んだ食べ物を口にするのは不安だったから、祐介は最初、何も食べずにおこうと思っていた。

けれどどうしても空腹に勝てなくなってきて、おそるおそる砂地に落ちていた果実を調べてみたのだ。

するとどれも新鮮で、穢れなどまったくなかった。

岩壁の溝から流れてくる水もとても清く、よく見たらオアシスの神殿の霊力の泉の水のように、かすかに光を放っていた。

祐介が閉じ込められたこの場所は、人間にとってとても清浄で、安全な空間だったのだ。

だがそれだけに、祐介を出産まで生かし、なんとしても腹に宿った赤ん坊を奪いたいというジャーファルの強い執念も感じる。

（あんな身勝手な奴がカルナーンの王を名乗るなんて、本当に信じられない！）

『歴代の王の怠惰と傲慢を嘆いた空と大地が、我ら獣人に試練を与えた』――――。

水不足の話をしてくれたとき、ラフィークはそう言っていた。

この世界と民のために懸命に尽くすラフィークを見てきただけに、ジャーファルの傲慢さは本当に腹立たしい。歴代王についてはわからないけれど、少なくともジャーファルに関しては、空と大地でなくても嘆きたくなる気持ちはよくわかる。

悪霊になってまで王を名乗り、この世界の窮状を救うどころか悪化させるようなことを企み、人の世に渡って人間を食らおうなどと考えるジャーファルこそ、王族の恥ではないか。

誰がなんと言おうと、やはり今はラフィークこそが王だ。カルナーンと民を心から思い、大切にしているのだから。

もちろん、祐介のこともそうだと思いたいが。

(ラフィーク、ほんとに左之助のこと、好きだったのかな? 俺は、身代わりだった……?)

会ったこともない、五百年も昔の人物のことを、今祐介が気にしても仕方がない。だって自分は彼の番で、この先ずっと添い遂げたいと望んでいるのだから。

それは祐介の本心だ。

だが、ラフィークは祐介を元の世界に帰すことを考えているようだった。こちらはもうカルナーンに骨を埋《うず》めたいと思っているのに、ラフィークにはそんな祐介の決意が十分に伝わっていないということなのか。

立ち聞きした言葉で嫉妬したり、ジャーファルの言葉で簡単に動揺したりするくらい、ラフィークのことが好きだというのに。

「……好き、なんだから！　俺はちゃんと、ラフィークのこと！」

前は自信がなかったけれど、今はもうその気持ちは揺るがない。

ラフィークに会いたい。今すぐラフィークのところに戻りたい。

どういう結果になるにしろ、彼と話をして、わかり合いたいのだ。

彼の、番として。

「……つっても、どうやってここから出るよ？」

林檎を一つ食べ終えて、現実の前で小さくため息をつく。

岩壁はあまりにも高い。

最初の日、夜明けとともに去った亡霊のジャーファルは、おそらく夜の時間帯にしか姿を見せないのだろう。そう思い、逃げる方法を試すなら昼間のうちにと、何度か壁を登ろうとしてみたりしたが、さすがに難しかった。

あまり無理をして腹の子に何かあったらと思うと、それも怖いし……。

「……ん？」

穴のむこうに見える青空に、何かひらりと横切ったように見えたから、思わず立ち上がった。じっと見ていると、また別の方向からひらっと何かが通過した。

左右に広げられた大きな翼と、するどい鉤爪《かぎづめ》。

見覚えのあるあの姿は――鷲ではないか？

「もしかして、エリフたちかなっ？　おおーいっ！　おおぉーいっ！」

鷲たちが探しに来てくれたのだと思い、大きな声で叫んでみたが、特に反応はない。

遠すぎて届かないのか。

「おーいっ、気づいてよ！　えっと、なんか、ないかっ？」

これを逃せば気づかれず、ここを出るチャンスを失ってしまうかもしれない。焦って周りを見回すと、大きなオレンジが目に入った。

投げたところで、届きそうにはないけれど。

「いや、そうか！　蹴ればいいんじゃんっ？」

食べ物を粗末に扱うのはものすごく気が引けたが、今はためらっている暇はない。

祐介はオレンジを手に取り、サッカーボールよろしく思い切り蹴り上げた。

幼獣たちとたくさん遊んだからか、最近はサッカーをしていた頃のキック力が戻っている。オレンジは回転しながらぐんぐん上昇し、穴の外まで飛び出していった。

「おーい、気づいてくれよっ！　誰かーッ！　エリフーッ！」

絞り出すように叫ぶが、自分の声が反響するばかりで反応はない。

もしやもう、行ってしまったのだろうか。

半ば絶望しかけた、そのとき。

「……祐介様っ？」

穴の端に一羽の鷲が止まったと思ったら、エリフの声が落ちてきた。

気づいてもらえた嬉しさに泣きそうになりながら、祐介はぶんぶんと手を振った。

「エリフ！　よかった、こっち下りてこられるっ？」

「は、はい、ただいま参ります！」

エリフと、ほかの鷲たちが四羽、大きな翼を広げて順にふわりと下りてくる。

砂地に下りてきょろきょろと見回して、エリフが驚いたように言う。

「祐介様がどこかに消えてしまったと、オアシスは大変な騒ぎですよ！　なぜこのようなところにっ？」

「ジャーファル王の亡霊に拉致されて、ここに捕まってるんだよ！」

祐介の答えに、鷲たちが慌てふためく。

「なんですってっ？」

「先王は魔獣を操る悪霊、ですよね？」

「もしや、穢れに触れてしまわれたのですかっ……？」

「あ、いや、それは大丈夫！　ここ、霊力の泉が湧いてるっぽいんだ。夜も安全だし、だからジャーファル王は、俺をここに監禁してるんだと思う」

祐介は言って、うめくように続けた。

「ジャーファル王は、俺の腹の赤ん坊を狙《ねら》ってるんだ！　生まれたら産声を上げる前に乗っ取って、体を取り戻すんだって言ってる！」

「おお……」

「なんと恐ろしいことを！」

鷲たちがおののく。エリフが嘆くように言う。

「ラフィーク様が臥せっておいでの間、魔力の巡りが滞り、魔獣が増えているのはわかっていましたが……、まさか先王の御霊までが侵入していたとは」

「今すぐ、ラフィーク様に祐介様の無事をお伝えせねば！」

「いや、まずは我らで、祐介様を穴の外にお出ししては？」

「しかし、砂漠は逆に危険では？」

口々に鷲たちが言う。今は昼間だし、外に出てもそれほど危なくはなさそうだが、逆に危険ということは、もしや……。

「なあ、ここって防壁の中？　それとももしかして……、外？」

不安に思い訊ねると、鷲たちがなぜか黙って、互いに顔を見合わせた。何か嫌な予感がして、祐介はさらに訊ねた。

「何？　どうして黙ってるの？」

「内側、でした。この明け方までは」

エリフが口ごもり、おそるおそるといった口調で告げる。

「実は今、防壁が存在していないのです」

「えっ！」

「祐介様が行方知れずになった晩、防壁の薄い場所から魔獣が侵入して、それから毎晩、オアシスは魔獣の襲撃を受けていまして」

「今朝方までなんとかしのいでいたのですが、ついにラフィーク様の魔力が限界に達してしまわれて、防壁が消滅してしまったのです」

「嘘だろ……。じゃあ、夜になったら丸裸ってことじゃんっ？」

鷲たちの説明に驚愕《きょうがく》する。

そんなこととは知らなかった。このまま日没を迎えて総攻撃でもされたら、城が攻め落とされてしまうのではないか。

（……俺が、みんなのところに戻ればいいんじゃん……？）

以前なら足手まといになったかもしれないが、今の祐介は違う。

ジャーファルが欲しいのは祐介の腹の中の赤ん坊なのだから、魔獣に攻撃させたりはしないはずだ。祐介が戻れば、みんなを守る盾になれるかもしれない。

もしそうでなかったとしても、自分がここにいる間にみんなやラフィークが傷つくなんて、そんなのは嫌だ。どうにかして戻って、みんなといたい。

そのためには、どうすればいいのだろう。

とにかくまずはここから出て、それから……？

「……あのさ。みんなで俺を持ち上げて、そのまま交代で運んで、オアシスまで戻れる？」

鷲たちを見回して訊ねると、皆驚いた顔をした。

やがてエリフが、思案げに答える。

「可能だとは、思いますが……、日没までに着けるかどうか」

「いいよ、ここにいるよりずっといい」

祐介はうなずいて、空を見上げた。

「みんなのことも腹の赤ん坊も、俺は守りたいんだ。俺を連れてってくれ、みんな！」

祐介が囚われていた場所は、オアシスから見て西の方角にあった。

五羽の鷲たちに鋭い鉤爪で体をつかんでもらい、砂漠の上空を飛んでオアシスへと戻る旅は、それこそアラビアンナイトの世界そのものだった。

何もないときならとても楽しく感じただろうが、今はそれどころではない。

「見えてきましたよ、もうすぐオアシスです！」

エリフが叫んだので、目を凝らして眺めると、遠くに神殿の屋根と城の鐘楼がかすかに見えてきた。

先ほど日が沈んでしまったせいか、だいぶ暗くなってきている。鷲たちもあまり夜目はきかないはずだから、完全に真っ暗になってしまう前に戻れるなら、まずはひと安心だが……。

「もう、魔獣が動き出しているようですね」

「うん……、けっこう、数が多いな」

眼下の砂漠に、魔獣の群れがのそのそと動いて、オアシスのほうに向かっているのが見える。百頭以上はいるだろうか。今まで見たこともないほどの数だ。

これだけの数に攻め込まれたら、やはり城も危険だ。

「うわっ！」

「っ？　な、なんだっ？」

いきなり冷たい風が吹いてきて、鷲たちがバランスを崩しそうになる。

この風には覚えがある。振り返ると、青白い光が祐介たちを追いかけてきていた。

「わあっ、ヤバいっ！　ジャーファル王に見つかったかもしれない！　右！　右に旋回して！」

背後から青白い光がこちらに向かって猛スピードで飛んできたから、慌ててよけるよう指示する。

びゅんと横をかすめて飛んでいった光の球は、すぐにぐるりと向きを変え、またこちらに向かってきた。

『逃がさぬぞ！』

低く恐ろしい声に、鷲たちがびくりと羽を震わせる。

まるでその声だけで獣人を支配しそうなほどの迫力のある声だ。青白い光が急接近し、ぐんとふくらみ始めたから、祐介は叫んだ。

「のまれるっ！　みんな、俺から離っ……！」

言い切らぬうち、光の中に大きな口が現れ、祐介だけを食いちぎるみたいにしてのみ込んだ。そのまま、オアシスのほうへと飛んでいく。

（あ……！）

鷲の飛行スピードとは段違いの速さでオアシスに近づくと、オアシスの石壁が崩れ、中が魔獣で溢れているのが目に入った。

集落にも魔獣がいるのが見えたから、一瞬ヒヤリとしたが、城の周りには松明が煌々《こうこう》ともされている。

そして城門の前には、黒豹の姿のラフィークがたった一頭、魔獣たちと対峙《たいじ》していて――。

（ラフィーク、怪我《けが》、してるっ？）

松明に照らし出された黒豹の体は、ぬるりと光っているように見える。

血を流しているのではないか。

声が届きそうには思えなかったが、上空を飛び越える瞬間に全身を振り絞るみたいにして叫ぶと、黒豹がはっと頭を持ち上げた。

「ラフィークッ！」

その顔が遠くへ去ったと思ったら、祐介は一瞬で神殿の屋根の上に運ばれていた。

「……え……、わ、わあっ！」

いきなり光の中から吐き出され、慌てて屋根にしがみつく。

落ちたらただの怪我ではすまない高さだ。祐介の頭の上で青白い人型になって、ジャーファルが言う。

『まったく、おとなしく囚われておればよいものを。そんなにもラフィークが死ぬところが見たかったのか？』

「なんだってっ？」

『今夜こそあやつを冥府へ送ってやろうというのだ。我がしもべたちの手によってな』

ジャーファルがクッと喉を鳴らして笑う。

その目線の先にはラフィークがいて、魔獣たちを蹴散らしながら畑の道を抜け、こちらにやってくる。

体からはやはり血が流れているみたいだ。神殿のすぐ下までやってきて、うなり声を上げて言う。

「……兄上っ……、あなたが彼を連れ去ったのかっ！」

『そなたと同じことをしたまでではないか』

ジャーファルがせせら笑うように言うと、ラフィークが張りのある声を返した。

「左之助は、人の世に戻りたがっていた。俺はその手助けをしただけだ」

『くだらぬ！　あれを留め置けば、やがて世継ぎの子を産んでいたであろうよ。カルナーンがこんなにも荒廃したのは、そなたが情に流されたせいではないか！』

ジャーファルが忌々しげに吐き捨て、フンと嘲《あざけ》るように笑う。

『だが、もはやそのようなことは些事《さじ》だ。そなたはここで死ぬ。そして余は、この人間の腹に宿る赤子をもらうのだからな』

「何を言って……、くっ！」

ジャーファルの言葉に当惑した様子のラフィークに、魔獣たちが襲いかかる。

ラフィークが激しく咆哮《ほうこう》し、次々と魔獣たちを仕留めていくけれど、あまりにも数が多い。背中や脚に噛みつかれ、払い落とすたび、黒い獣皮から血のしぶきが上がるのが暗い中でもはっきり見える。

祐介は慌てて叫んだ。

「やめろよっ！　あんたが欲しいのは赤ん坊の体なんだろっ！　ラフィークを殺すことなんてないじゃんっ？」

「赤ん坊の、体だとっ？　まさかあなたは、それを待っていたのかっ……？」

ラフィークが目を見開いてジャーファルを見上げる。

「兄上、肉体の乗り換えなど禁断の魔術でありましょう！　だからこそ、王族は正しく埋葬される必要があるのです！　そんなことをすれば、この世界が呪われてしまう！」

『かまわぬとも！　余は人の世へ渡るのだ。貴様はそのための生《い》け贄《にえ》だ！』

ジャーファルが低く恐ろしい声で叫ぶと、すさまじい冷風が吹いてきた。

すると呼び寄せられたみたいに、城を襲っていた魔獣たちが地響きを立ててこちらへやってきた。

あんな大群に襲いかかられたら、ラフィークだってひとたまりも……！

「……頭の位置を下げなされ、祐介様」

「っ……？」

いきなり間近で潜めた声で話しかけられ、驚いて首をすくめる。

おそるおそる振り返ると、そこには見たこともない白髪の高齢男性がいた。

金属の鎧《よろい》のようなものを身にまとって神殿の屋根の上に器用に膝をつき、矢をつがえた弓をかまえているその男性が誰なのか。

一目見ただけではまったくわからなかったが、声にはなじみがある。

はっと目を見開いた祐介の前で、男性が弓を射る。

矢がジャーファルの体をひゅんと射抜くと、人型だった光がまた元の青白い人だまみたいな大きさに戻った。

『……何っ！』

矢はそのまま落ち、地面に突き刺さってカッと炎のように発光する。

その光には何か強い力でも宿っているのか、魔獣たちは目を眩《くら》まされ、うめきながら次々にもんどりうって倒れていく。

青白い光になったジャーファルが、こちらから距離を取るように高く飛び上がり、憤慨した声を発する。

『おのれ、ナジムっ！　この老いぼれが、まだ生きておったかっ！』

「死にませんとも！　あなた様を冥府へお送りするまでは！」

男性――ナジムが叫んで、背負った矢筒から次々新たな矢をつがえ、ジャーファルに向かって射る。

矢は飛び回るジャーファルをかすめては、地面に落ちて魔獣たちを駆逐する。

素人目に見ても、ナジムの弓の腕は超一流だとわかる。黒猫の姿しか知らなかったナジムが、こんなふうに戦えるなんて思わなかった。

だが、これで形勢逆転というわけでもなさそうだった。祐介を背後にかばいながら、ナジムが緊迫した声で言う。

「申し訳ありませぬ！　実はこの姿、あまり長くは保《も》ちませぬ！」

「えっ」

「なにぶん夜ですからな！　今のうちに屋根から神殿の中に下りて、安全な泉の中にいらしてください！」

「そんな、ナジムを置いてなんてっ」

「どうかお聞き入れくだされ！　ラフィーク様やあなた様をお守りするのが、このナジムの務めなのですから！」

嘆願するみたいに言われ、おろおろと眼下を見下ろすと、ラフィークが身を引きずりながら神殿の中に入ってくるのが見えた。

王であるラフィーク、そして腹の中の世継ぎの子。

番の務めというものがあるのだとすれば、今それは、二人を守ることだ。ナジムだけでなく自分も行動しなくては、何も守ることはできない。

祐介はそう気づき、ぐっと拳《こぶし》を握って言った。

「……わかった。でも、ナジムも危なくなったらすぐ逃げてよっ？」

「承知いたしました。さあ、お行きなさい！」

ナジムに後押しされ、こわごわ屋根を伝い下りる。

神殿の尖塔《せんとう》の上部にある窓から中に入ると、泉の中に獣の姿のラフィークが倒れ込むのが見えた。

「ラフィーク！」

尖塔の壁に沿って作られた細いらせん状の通路を下り、泉へと近づくと、ラフィークは真っ赤に染まった水に沈んでいた。

「ラフィーク！　しっかり！　しっかりして！」

祐介はざぶざぶと泉に入って、ラフィークの頭を抱き上げた。

薄く青い目を開いて、ラフィークが言う。

「……祐、介……」

「ラフィーク……、傷、いっぱいだ。痛い、よね？」

傷だらけの体を見ていたら、知らず涙が溢れてきた。

何もできない自分が、なんだかひどく不甲斐《ふがい》なくて。

「なんで、こんなことになっちゃうんだよ……、ラフィークだって、みんなだって、こんな、頑張ってるのに……！」

ラフィークの頭を抱き寄せて、祐介はすすり泣いた。

「空と、大地は、どうしたら満足なんだ？　俺、みんなといたい……、この世界で、子供産んで、ずっと生きていきたいのに！」

歴代の王が空と大地の怒りを買い、獣人たちが試されているとしても。

祐介は人間だけれど、ラフィークを心から愛しているし、彼の伴侶として、気持ちの上ではもうこの世界の一員だと思っている。これからはこの世界のために生きたいし、みんなと幸せになりたい。

そのためには、空と大地の怒りをとかなければ。祈りの声を聞き入れてもらわなければ。

祐介はそう思い、目を閉じて願いを口にした。

「……空と、大地に、お願いしますっ……、どうかもう、怒りを鎮めて！　この世界を滅ぼさないでください。ラフィークも、みんなも、今までずっと頑張ってきたんだから。これからだって、それは絶対、変わらないんだから！」

素朴すぎる祈りの言葉だが、それは祐介の心からの思いだ。心の中で強く願いながら、祐介はさらに言った。

「どうか、お願いします……。ラフィークを、みんなを、助けてください！　俺は人間だけど、みんなのことが大好きだし、みんなとずっと生きていきたい……、子供を産んで、この世界のために生きていきたいんですっ……！」

必死に言葉を搾り出すと、ラフィークが小さく身じろいだ。

目を開いて顔を見ると、彼が美しい目でこちらを見上げていた。

穏やかな声で、ラフィークが訊いてくる。

「祐介……、そなた、そのように思って、くれているのか?」

「そうだよっ。俺、大好きだもん、この世界も、みんなも、あんたのことも!」

祐介は言って、涙声で続けた。

「あんたが、今でも左之助のことを好きでも、俺を身代わりみたいに思っていても、俺はそれでもいい。俺はあんたのこと、愛してるんだから。その気持ちは、誰にも負けないんだから!」

獣の口元にキスをすると、ラフィークの濡れた獣毛がざわりと逆立った。

驚いたのか、それとも何か別の反応なのか、獣の顔からはわからないけれど、ラフィークにたまらないほどの愛おしさを感じたから、ぎゅっと抱きついた。

傷ついた獣の体は、それでもしなやかで温かい。彼の血を受け継いだ赤ん坊が腹の中にいるのだと思うととても幸福な気分だ。

何があってもこの子を産みたい。ラフィークを父親にしてやりたい。

そうしてこの世界を救いたいと、心からそう思った、その瞬間――――。

腹の中でトクン、と大きな脈動を感じたから、はっと目を見開いた。

何かが腹の中にいて、それがひとりでに動くような感覚。今まで生きてきて、一度も経験したことのない感覚だが、これはいったい……?

「……祐介、そなたは本当に、強い人間なのだな。そなたの懐妊以来、俺もずっと祈ってきたが、そなたの心からの願いの力は、俺などよりもずっと強く、揺るぎないものだったようだ」

ラフィークがどこか感慨深げに言って、泉の底にゆっくりと四肢をついて体を起こす。

「そなたの願いは叶《かな》う。空と大地が力をくれる。泉の水から霊力が、そら、このように」

「え……、わ、わあ？」

見回すと、ラフィークの血で濁った泉の水がすっと澄んでいき、水面からはキラキラした小さな光の粒が湯気みたいに舞い上がり始めた。

それは柔らかいベールのように広がり、祐介の体を包み始めて……。

「ん、んっ？」

腹の中が温かくなり、トクン、トクンと脈動を感じ始めたから、驚いて腹を見ると、衣服の下がうっすらと光っているのがわかった。服の前を開いてみると、へその下あたりがわずかにふくらみ、ランプみたいに黄色い光を放っている。

体の中で、何かが起こっているのか……？

「ラフィークっ、なんか、腹がヤバいことになってるんだけど！」

「落ち着け。赤子が生まれるだけだ」

「はあっ？　い、いや、早いでしょ！　まだひと月半くらいあるんじゃなかったっ？」

「ああ、そのはずだった。だが今この瞬間、世界の理《ことわり》のすべてが、そなたの祈りに応えようとしているのだ」

「う、うわっ……！」

突然水がまばゆく光ったから、思わず目を閉じて顔をそむけた。

瞼《まぶた》を閉じていても、自分が真っ白な光に包まれているのがわかる。いったい何が起こっているのか。

「両手を差し出せ、祐介」

「え……、えっ……？」

ラフィークにうながされ、わけもわからず水の中で手を差し出すと、そこに柔らかくて温かいものが乗ったのを感じた。

こわごわ目を開いてみると――――。

「……！」

まるで人形みたいな、小さな人の赤ん坊。

くるんと背中を丸めているが、頭や手足がピクピクと可愛らしく動いている。

驚いて目を丸くしていると、泉から湧き上がるキラキラした光が、輝きながら赤ん坊の体に吸い込まれ始めた。

「え、大きく、なってきた？」

祐介の手の中で赤ん坊がぐんぐん大きくなり、頭にはふわふわとした毛が生え、重みを増していく。

まるで腹の中で成長していくところを、早回しで見ているみたいだ。

「よい頃合いだな。そろそろ片をつけよう。赤子が動き出したら、水から抱き上げてやれ」

ラフィークが言って、泉からざっと上がり、タイル張りの床の上で体をぶるりと揺すって水を払う。

美しい黒豹の体には傷一つなく、四肢は力強く体を支えている。ラフィークも泉の光で癒され、力を取り戻したようだ。

「ウオォォオオウッ！」

天井に向かってラフィークが咆哮すると、屋根の上からガラガラと何かの音がしてきた。

手の中の赤ん坊も、声に反応するみたいに水の中でもぞもぞと動き始めたから、そっと泉から持ち上げてみる。

夢見るように目を閉じた、小さな赤ん坊。その肌が、徐々に赤味を帯びてきて……。

「来るぞ！」

ラフィークが警戒するように頭を持ち上げ、天井のあたりをにらみ据えた瞬間。

ドンと大きな音がして、天井に裂け目ができた。

黒猫の姿のナジムが、中に逃げ込むように神殿に飛び込んできたと思ったら、それを追うように青白い光――ジャーファルがずるりと中に入ってきた。

『ラフィークゥウッ！』

ナジムに繰り返し矢で攻撃されたせいか、ジャーファルの声は怒りに震えている。

我を忘れたみたいに己をぼうぼうと燃やしながら、神殿の天井近くで大きくふくらんで、皆をのみ込もうとするように炎の口を開けた。

これではみんなのみ込まれてしまう、と戦慄したその刹那《せつな》。

「……ふぎゃ、ぎゃっ……、ほぎゃぁああっ……！」

体中を真っ赤にして、赤ん坊が産声を上げる。

高らかな鈴の音のような、あるいはこの世をあまねく照らす太陽の光のような、明るく力強い声。

それは虹色の輝きをまとった心地よい波となって、抱きかかえる祐介の体を優しく通り抜けた。

そしてそのまま神殿の外へ、オアシスの外へ、さらには砂漠へと、どこまでも大きく広がっていくのが感じられる。

このカルナーンのあらゆる穢れを浄化しながら、赤ん坊の声はどこまでも響いて――。

『……おお、おおぉ……』

巨大化していたジャーファルの青白い光が、産声を受けて淡く、小さくなっていく。まるで力を失った風船のようにしぼみ、たんぽぽの綿毛か何かのように、ふわふわと力なく落ちてきた光の球に、ラフィークが告げる。

「お別れのときです、兄上」

『ラ、フィ……クッ……』

「カルナーンの王、ラフィークが、空と大地にこいねがう。始祖たちの眠る冥府にて、我が兄ジャーファルが、永遠の安らぎを得んことを」

歌うような祈りの言葉に、光の球がぱちりと弾《はじ》ける。

さく裂した光は稲妻のようだった。ジャーファルは、ラフィークによって冥府へと送られたのだろう。

赤ん坊とみんなと世界をどうにか守れたのだと、安堵《あんど》でくらくらしていると、ラフィークがこちらを振り返り、獣の顔を上向けて告げた。

「……城に帰ろう、祐介。皆に子の誕生を知らせたい。じきに雨も降ってくるからな」

「え、雨？」

「かすかに遠雷が聞こえている。空と大地が、祝福の雨を降らせてくれるのだろう」

「祝福の……、じゃあ、もう怒りは鎮まったってこと？」

「ああ、そうだ。カルナーンのすべてを潤す恵みの雨が降る。乾ききったこの世界に、また雨が降るのだ……！」

ラフィークが感慨深げに言う。

五百年もの間この日を待ち続け、民に尽くし祈りを続けてきたラフィークの言葉に、知らずまなじりが濡れる。

腕の中で奇跡の声を響かせている赤ん坊を、祐介はそっと抱き締めていた。


赤ん坊は、男の子だった。

真新しいリネンでくるみ、城へと連れ帰ると、避難してきていた民たちは世継ぎの子の誕生を涙して喜び、幼獣たちは興味津々な様子でのぞきに来た。

先日出産したばかりのキトが乳母になってくれて、たっぷり乳を飲んだ今は、寝室の続き間にしつらえた小さなベッドですやすやと眠っている。

愛らしい寝顔をのぞき込んで、ラフィークが目を細めて言う。

「顔は、そなた似かな」

「そう、かな？」

「眉《まゆ》や目元のあたりが似ている。とても可愛い」

嬉しそうにラフィークが言う。

でも、祐介に似ているということは……。

「……左之助にも、似てる？」

「何？」

「俺と左之助は瓜二つだって、ジャーファル王が、そう言ってたから」

ためらいながらもそう言うと、ラフィークがうなずいて答えた。

「ふむ、そうだな。似ているといえば似ているかな。だがまあ、そういうこともあるのではないか？　なにせ左之助は、そなたの先祖なのだから」

「えっ？」

思いがけない話に瞠目《どうもく》すると、ラフィークがさらに言った。

「番の特性は、子孫に受け継がれることが多い。左之助は人の世で子をもうけ、その後も血が受け継がれていたから、いずれ新たな番が生まれるであろうと思っていたのだ」

「そうだったのっ？」

そういう意味で似ているのだとは、よもや思ってもみなかった。

ためらいを見せながら、ラフィークが言う。

「しかし、それゆえに、俺は密《ひそ》かに悩んでもいた。そのことをことさらに意識することで、俺自身がそなたを左之助と引き比べてしまうのを恐れていたのだ。なぜなら左之助は、本来兄上ではなく俺の番になるべき相手だったからだ」

「……あ……、それ、ナジムとあんたが話してたの、聞いたよ。ことと次第によっては、俺を人の世に帰すって話も」

「なんと、そうだったのか。ではやはり、きちんと話さなくてはな」

そう言って、ラフィークが記憶を手繰るように言葉を発した。

「兄上は、幼い頃から俺への対抗心が強かった。ほかの兄弟たちが亡くなり、王位についたことでいっとき満足していた様子だったが、王の務めをおろそかにするなど、空と大地の目にかなわぬところが多かったせいか、長く番が現れずにいた」

ラフィークが、少しばかり困った顔をする。それだけで、ジャーファルの当時の様子がありありと浮かぶようだ。

「そんなある日、空と大地が俺に予兆を見せた。人の世に、俺と番になることを運命づけられた、約束の番が生まれると。それが左之助で、俺は彼が成長し、番として迎える日を、身を慎み心を整えて待っていた。だが兄上は、弟の俺が先に番を得るなど何かの間違いだと予兆を一蹴《いっしゅう》し、我がものとすべく人の世に渡って、左之助を無理やり連れてきたのだ」

憂うような顔で、ラフィークが言う。

「左之助は兄上を拒絶し、人の世に帰りたいと願っていた。俺は自分が本来の番の相手だとは告げずに、彼を帰す手助けをした。そのこともあって兄上はさらに頑《かたく》なになり、王の務めを放棄して遊蕩《ゆうとう》に耽《ふけ》って、やがて落雷で命を落とすこととなった。今思えば、あれも空と大地の怒りだったのだろう」

ラフィークが言葉を切って、こちらを見つめて続けた。

「だが俺は信じていた。俺が新たな王として兄上の罪を贖《あがな》い、民やこの世界のためにひたすらに尽くしていれば、いつか再び約束の番が現れるだろうとな」

「それが、俺だったんだ？」

いつか再びは、左之助の出現から五百年後だったのだ。軽くめまいを覚えつつ問いかけると、ラフィークがうなずいて訊いてきた。

「初めて対面したとき、俺がそなたを凝視していたのを覚えているか？」

「うん。めちゃくちゃじーっと見られて、穴が開くかと思った」

「あのときはそなたに見惚《みと》れていたのと同時に、そなたが左之助によく似ていたことに深い因果を感じて驚いてもいたのだ。だが俺とそなたの間で確かな愛を育めれば、それは大した問題ではないだろうと考えた。だからそなたには、左之助との縁を話さずにおこうと決めた」

ラフィークが言って、よどみのない口調で続ける。

「しかし、いざそなたと番になってみると、どんな些事であれ隠し事をするのはとても居心地の悪いことだった。むしろ黙っているほうが不実なのではないか、何事もきちんと話すべきではないかと感じ始めたのだ。俺自身の感情も含めてな」

ラフィークの感情。それは祐介が一番聞きたいことで、知るのが怖いことでもある。でもここまできたら、聞いておいたほうがすっきりするかもしれない。

祐介はおそるおそる訊ねた。

「……ラフィークは、左之助が生まれてから大人になるまで、成長を見守っていたんだよね？　左之助のこと、好きだったの？」

直球の質問に、ラフィークが思案げな顔をする。過去を懐かしむように視線を浮かせて、ラフィークが答える。

「あの当時は、そう思っていた。空と大地が告げてくれた運命の相手であるし、大切に庇《ひ》護《ご》すべき者だと感じることを、好意なのだと考えていたのだ」

ラフィークが言って、青い目で真っ直ぐにこちらを見つめる。

「けれど実のところ、俺は本当の恋も愛も知らなかったのだと思う。そなたと出会い、ともに過ごして、俺は初めてそれを知ったのだ。人の世に戻りたいというそなたの思いは尊重したいが、できるなら帰したくはないし、ずっとそなたとともにいたい。その葛藤《かっとう》こそが、そなたへの確かな想いの証《あかし》なのだと」

「ラフィーク……」

「そなたを人の世に帰すというのは、それをそなたが望むならばの話だ。俺はそなたにはこの世界にとどまってほしいと思っている。俺が愛しているのは、そなただけなのだからな」

心からの言葉に、なんだか目が潤む。

そこまで聞けたら、もう何も迷うことも、思いわずらうこともない。こちらも思いのたけを打ち明けよう。小さく笑って、祐介は言った。

「そっか。あんたも、ちゃんと恋愛するのは初めてだったってことだな？」

「……もしや、がっかりさせたか？」

「まさか！　そんなことないよ。なんか逆に、嬉しいっていうか」

祐介だけでなくラフィークにとっても、ここでの暮らしは「お試し婚」で、今二人は、ちゃんと想い合って結ばれている。

その上子供までいるなんて、こんなにも幸せなことはない。

祐介は笑みを見せて言った。

「ラフィーク、俺、帰りたくなんてない。俺はずっと、ここで生きていくよ？」

「祐介……」

「あんたと、この子と、それから幼獣や民たちと、このカルナーンで生きていく。みんなで、幸せになろうよ！」

「みんなで、か。俺はそなたの、そういうところが愛おしくてたまらないのだ」

ラフィークが言って、優しく体を抱いてくる。

「ともに生きてゆこう。愛している、祐介」

「うん……、俺も、愛してる」

シンプルだけれど、それがすべてだ。

互いの真っ直ぐな愛の言葉を嚙み締めながら、二人はどちらからともなく口づけを交わしていた。


それからふた月ほどが経った、ある朝のこと。

『アクバル様～！』

「……？」

『王子、どこにいらっしゃるのですかぁー！』

寝室の外から聞こえてきたナジムの叫び声に、祐介は目を覚ました。

ナジムはラフィークと祐介の子、アクバルの行方を捜しているようだ。

『アクバル王子ー！　……おお、キト！　王子はホセアとともにいらっしゃるのかっ？』

「……と、思いますが。ホセアも部屋にはおりません」

『む、むう、いったいどこに。アクバル様～っ！』

ナジムが呼びかけながら廊下を遠ざかっていく。

部屋の明るさからいって、おそらくまだ日の出前だ。

アクバルは王族の血を引いており、赤ん坊ながら魔力も使えるので、ときどきこういうことがある。おとなしく寝ていると思って周りが目を離した隙《すき》に、黒豹の姿になってベッドを抜け出して、城の中をあちこち探検して回るのだ。

ナジムは焦っているが、おそらくメルやナル、それにキトの息子、ホセアも一緒だろうから、腹が減ったらじきに戻ってくるだろう。

もう少し寝ていたかったと思いながら、祐介はぐっと伸びをした。

「……ふぁ～あ。まったく、朝っぱらから元気だなぁ、幼獣たちは」

祐介はのっそりと起き上がり、ベッドの左側を見やった。

ラフィークが寝ていたはずの場所にはかすかな窪《くぼ》みができていて、触ってみるとほんのり温かさが残っている。

ラフィークは、もう神殿で朝の祈りの真っ最中なのだろう。

「俺もそろそろ、日常に復帰しないとだよなぁ」

王の番としても、王子の親としても、あまりのんびりしているのもどうかと思う。

祐介は目下、少し長めの産褥《さんじょく》期《き》療養中だった。

どこも痛みもなく、出血することもない、奇跡としかいえない出産ではあったが、異種である獣人、それも魔力を持った王族の子供を産んだ祐介の体には、それなりに負担がかかっていたようだ。産後数日が経った頃、祐介は熱を出して倒れてしまったのだ。

でも、今ではもうすっかり回復している。幼獣たちとのボール遊びはまだ少し控えたほうがいいかもしれないが、ほかはだいたい問題ないだろう。

体調を気づかってくれているラフィークと、一つ床で何もせずに朝を迎えるのも、なんとなく物足りないなと思い始めていたりするのだけれど。

（なんか、こっちから求めるのも、気恥ずかしいような？）

今まではぜんぜんそんなタイプではなかったし、したいと思ったら素直に行動に移していた。だからこそラフィークともこうなれたのに、どうしてか今は、そんなふうに思ってしまう。ラフィークが初めて本気で好きになった相手だからなのだろうか。

子供も生まれたことだし、むしろ家族みたいになったほうが関係として正しいのではとか、そんなことを考えたりもするのだが――――。

「……いやいや、待て待て！　そんなこと言ってたら、このままレスになっちゃうかもしれないじゃんっ？」

倦怠期《けんたい》の夫婦みたいな発想に、思わず自分で突っ込みを入れる。いわゆる新婚だというのに今からそんなことになったら、ちょっとどうしていいのかわからない。

彼とは添い遂げるつもりだし、祐介は身も心も十分に若いのだし。

「と、とりあえず、水浴びでも、してこようかなっ？」

ラフィークが祈りから戻ってくるまでに、せめて頭をすっきりさせて、身綺麗にしておこう。祐介はそう思い、さっとベッドを抜け出した。


「……祐介?」

「おはよ、ラフィーク」

「ああ、おはよう。今朝は早起きなのだな?」

水浴びをしたあと、祐介はのんびり神殿まで歩いていった。

少しずつ明るくなってきた空と、神殿の屋根から上がる虹色の光とを見上げながら、朝の祈りが終わるのを待っていたら、やがてラフィークが中から出てきた。

祐介の全身を眺めて、ラフィークが言った。

「その装束は、いつぞやの……?」

「あ、わかった? ほら、俺ももう元気になってきたし、いつまでも寝間着だかダル着だかよくわからないカッコしてゴロゴロしてるのも、どうかなぁって思ってさ」

先ほど、水浴びのあとに着る服を選ぼうと、寝室に置かれた長持ふうの衣装入れを探っていたら、いつだったかナジムが用意してくれた美しい着物みたいな艶《つや》やかな装束を見つけた。せっかくだからこれにしようと持っていって、水浴びのあとに身にまとってみたら、まだかすかに香の匂いがして、なんだか少し気分が上がった。

ラフィークが目を細めて言う。

「よく似合っている。とても美しいぞ、祐介」

「そ、そう、かな」

「よければ少し散歩でもせぬか？　しばらく城の外にも出ていなかったであろう？」

「あ、いいね。オアシスの外にも行きたいな。少し前から東の丘の上に何か造ってたでしょ？」

「ちょうど昨日完成したのだ。一番に案内してやろう。手を」

「ん？　あ……」

ラフィークが祐介の左の手を取り、優しく握ってそのまま歩き出したから、トクンと心拍が跳ねる。

手をつないで散歩するなんて、もしかして初めてではないか。

何か少し初々しい気分でオアシスを取り囲む石壁まで歩き、外の砂漠に通じる門を通り抜けると。

「おお、木に葉っぱがついてる！　新鮮！」

目の前には、以前と同じく砂漠の風景が広がっていたが、明らかに緑の部分が増えているのが感じられた。アクバルが生まれて穢れが一掃され、雨も降るようになったこの世界に起こった、一番の変化かもしれない。

「そなたが回復してくれてよかった。皆心配していたからな」

「ありがと。もう平気だと思う」

「そうか。だが、くれぐれも無理はしてくれるなよ？」

「わかってる。……って、前は俺がラフィークにそう言ってたのに、すっかり逆転しちゃったな！」

あれからカルナーンには霊力が満ちてきて、ラフィークが生み出す魔力も豊富になっている。獣人たちが日没後もいくらか人の姿を取ることができるようになってきたので、ラフィークにかかる負担もだいぶ減ってきていた。

今のラフィークは生気に溢れ、王らしい力強さがみなぎっていて、それがまたとても魅力的なのだ。

「……おー、なんか、ちょっとした要塞《ようさい》みたいだな！」

連れてこられたのは、オアシスからほど近い丘の上に新しく建てられた、塔のような建物だった。がらんとした円形のホールから、壁に沿ってらせん状に作られた階段を登って上階に上がっていく形になっている。

最上階には小上がりが作られていて、柔らかい敷物が敷かれており、くつろげるようになっていた。

丘の高さがあるぶん城の鐘楼よりもかなり高いようで、跳ね上げ式の木戸を開けると、オアシスの様子はもちろん、砂漠の果てにある遠くの山までもよく見えた。

「以前から、ここに物見の塔を建てたいと考えていたのだ。すぐではないが、いずれ王都ラカンを再興すれば、こちらの城は離宮となる。魔獣に襲われる危険がなくなったとはいえ、備えは必要だからな」

ラフィークが言って、小上がりに祐介をいざなう。

「それともう一つ。その昔、ここは恋人たちの丘と呼ばれていたのだ。ここに俺たちだけの部屋を作りたいと思ってな」

「俺たちだけの、部屋？」

「そなたと、静かに過ごす時間を持ちたいと思ったのだ。誰にも邪魔されず、二人きりで愛を育める時間をな」

「……ラフィーク……！」

甘い口調に胸がときめく。

考えてみたら、ラフィークとは恋人同士の時間を過ごしたことがない。番になって世継ぎの子を産むことが第一だったから当然かもしれないが、そういう時間があったらと、自分も頭の隅で思っていたのだと、そう気づかされる。

でもラフィークは王で、城やオアシスの中にいる限り常に皆に頼られる存在だし、アクバルもいるから、なかなか難しいだろうと思っていたのだ。

ラフィークが同じことを考え、こうして解決策を講じてくれるなんて、心が通じ合っている感じがして嬉しい。

祐介はうっとりと言った。

「……嬉しい。そういう時間、あったらいいなって、俺も思ってた」

「気に入ってくれたか？」

「うん。すごく、いい」

うなずいて答えると、ラフィークが彫りの深い顔に艶めいた微笑みを浮かべた。

祐介を見つめたままそっと髪を撫でてきたから、こちらも笑みを返す。

するとそれを合図にしたように、ラフィークが身を寄せて、口唇《くちびる》に口づけてきた。

「……ん、ン……」

ちゅ、ちゅ、とついばむみたいに優しく何度も口づけられ、甘く心が満たされる。

自分から誘うのはどうなのか、なんて悩んでいたけれど、触れ合ってみればためらいが嘘みたいだ。首にしがみついてキスに応えると、彼の舌が口腔《こうこう》に滑り込んできた。

甘く肉厚な舌で上顎《うわあご》や舌下をまさぐられて、背筋にしびれが走る。

このまま、彼が欲しい。そう思った瞬間、ラフィークが低くあえぐように告げてきた
「……祐介、そなたが欲しい」

「ラフィ、ク」

「今すぐに、欲しいのだ。抱いてもよいか？」

そう訊ねるラフィークの目は、欲情で潤んでいる。自分もそんな目をしているのだろうと感じながらうなずくと、ラフィークがおう、と獣のような吐息を洩らした。たくましい体をぐっと寄せられ、口づけを深めながら敷物の上に押し倒されて、かあっと体が熱くなる。

荒々しく装束を脱がされ、大きな手で肌を撫でられたら、それだけで体の芯《しん》がとろりと潤むのがわかった。

熱い情交の気配に、体が激しく昂っていく。

「は、ぁ、ラ、フィーク、ああ、ん」

ラフィークが祐介の両手を開いて敷物に縫いつけ、あらわになった胸に舌を這わせる。ぬらりと舐られただけで、そこはきゅうっと硬くなる。祐介自身もすぐに頭をもたげ、腹の底がきゅっと収縮するのが感じられた。

内奥もジンジンと熱くなってきて、ラフィークを欲しがって疼いているみたいだ。

「肌が上気しているな。とても美しいぞ？」

祐介の体を眺めながら、ラフィークが言う。

「ここも、勃ち上がっている。俺に触れてほしいと求めているかのようだ」

「ラ、フィ、ぁあ、ん、ん」

ラフィークが下腹部に顔を寄せて、屹立した祐介の欲望の幹にちゅ、ちゅ、と口づけ、舌でチロチロと舐めてきたから、ビクビクと腰が揺れる。

果実でも味わうみたいなラフィークの愛撫《あいぶ》は、とても繊細でうっとりさせられる。口腔に含んでもてあそんでほしくて、恥ずかしく腰を揺すると、ラフィークが察したように、青い目でこちらを見上げながら祐介自身をしゃぶってきた。

「あ、はっ、ぁあ、あ……」

ちゅぷり、ちゅぷりと淫靡な水音を立てて、ラフィークが口唇を上下させる。

彼の口の中はとても熱く、舌は肉厚だ。幹に舌を巻きつけるみたいに押しつけられ、先端が喉奥に当たるまでのみ込まれる。ゆっくりと頭を動かして口唇で切っ先まで擦り上げられて、甘い快感にぞくぞくと身が震えた。こちらを見つめる目つきもねっとり絡みつくようで、まるで目線で犯されているみたいだ。

「ぁ、うっ、ラフィ、ク、ふ、うっ、うう」

急《せ》くことなくじっとりと、祐介の欲望を舐り尽くしながら、ラフィークが祐介の左脚を肩に担ぎ上げ、指を後孔に這わせてくる。

そこを指で撫でられるのは、それだけで気持ちがいいのだけれど。

(なんかすごく、柔らかか、い……?)

柔襞が窄まって閉じた形をしているそこは、元々くるくると優しく撫でるとほどけるようになっている場所だが、祐介のそこは以前とは少し違って、じんわりと潤んでラフィークの指に吸いつくみたいになっている。

ラフィークがツンとつついたらヒクッと震えて、そのまま指を進められたらするりとのみ込んだ。やはり何か、前とは違うような……？

「……ん、ぁ、はあ、あ」

欲望をしゃぶり上げるのに合わせるように、ラフィークが後ろに沈めた指をゆっくりと出し入れしてくる。

指の動きはとてもなめらかで、きつさや違和感などはない。二本、三本と指を挿《い》れられても柔軟に受け入れて、指に吸いついていくようだ。

中をまさぐるみたいに指を動かされたら、そこからくちゅ、くちゅ、と濡れた音が立つのがわかった。

何も潤すものを施されたわけでもないのに、いったいどうなって……？

「ん、ふ、ラフィークっ、待ってっ」

「……ん？」

「そこ、なんか、今までと、変わってない……？」

少し焦って訊ねると、ラフィークがちゅぷっと音を立てて祐介の雄蕊から口唇を離し、どこか淫猥《いんわい》な笑みを見せて言った。

「……ああ、そうだな。そなたのここは、甘い蜜を滴らせているな」

「み、つ？」

「俺を求め受け入れて、熱い子種を子の宿り場へと導くための、愛の蜜だ。そら、こうするとわかるだろう？」

「あっ、ぁんっ！　はあ、ああっ！」

指で内筒をかき回されて、ぬちゅぬちゅと淫靡な音が耳に届く。

ラフィークの言うとおり、祐介のそこはとろとろと濡れそぼって、蜜壺《みつつぼ》みたいになっているようだ。今までも潤む感覚はあったが、子を産んだことで、また少し体に変化があったのかもしれない。

こんなにも濡れてしまうなんてまるで本当に女性になったみたいだ。体の変化に驚かされるけれど、後ろに指を出し入れしながらまた祐介自身にしゃぶりついてきたラフィークの息が、劣情ゆえかかすかに乱れ始めたから、こちらも気持ちが高ぶってくる。

ラフィークの雄を求めて甘く濡れたこの体に、早く入ってきてほしい。肉筒を激しく擦り立て、奥まで突き上げて、極上の快楽に酔わせてほしい。

腹の底から沸き上がってくる激しい欲情を、もうこらえることができない。

祐介は悩ましく手を伸ばしてラフィークの髪をまさぐり、ねだるみたいに言った。

「ね、ラフィークっ、指じゃ、や、だっ」

「祐介っ……」

「あんたの硬いの、欲しいよっ。俺の中に、来て?」

彼の肩に乗せた左脚を自ら持ち上げ、腰を上向かせてみせると、ラフィークが身を起こし、祐介の左脚をさらに持ち上げて狭間《はざま》をあらわにしてきた。

そうしてそこに腰を寄せ、蕩けた後孔に肉杭《にくくい》をつないでくる。

「あぅっ……! あぁっ、あ……」

一息に奥のほうまで貫かれ、そのボリュームに臓腑《ぞうふ》がせり上がる。

腰をよじってわずかでも逃れようとしたけれど、腰を抱かれて引き戻され、頭を押さえられて口づけられた。

口腔の熱さに酔い、夢中で舌を絡ませて吸いつくと、ラフィークがそのまま、ズンズンと祐介を突き上げ始めた。

「う、むっ、ふう、ううっ」

肉の楔を打ちつけてくるような、雄々しく激しいストローク。

片方の脚を大きく持ち上げられた不安定な体勢だからか、まるで体の中を獣が暴れ回っているみたいだ。こんなにも興奮したラフィークに抱かれるのは初めてだけれど、淫《みだ》らなほどに濡れ尽くした体は彼をどこまでも受け入れ、もっともっととすがりつく。

左脚を彼の腰に絡めるみたいに添わせ、首に腕を回して抱きつきながら後ろをぎゅっと締めつけると、ラフィークがウッと声を立て、抽挿のピッチを上げてきた。

「う、ふっ、……ぁあ、ラフィーク、ラフィークっ」

「祐介、祐介っ」

キスをほどいて名を呼び合いながら、身を揺すって互いのいい場所を擦り合う。

愛撫もそこそこにつながり、激しく腰を動かし合っているなんて、まるで野生動物のセックスみたいだが、しばらくご無沙汰《ぶさた》だったあとの最初の行為がこんなふうに性急なのは、なんだか逆に興奮する。

ひたすらに肉の悦びを追うみたいに腰を揺するうち、発する声は次第に湿った吐息だけになった。息を詰めて互いをむさぼっていると、やがて腹の底から、快楽の波がどうっと溢れてきた。

「……あっ、ィ、クッ……！」

きゅうきゅうと肉筒を収縮させて祐介が頂に達し、己の先から白蜜を吐き出すと、ラフィークも低くうなって動きを止めた。

腹の奥に熱い白濁が吐き出されたのを感じて、ぶるりと震えてしまう。

「……ああ、ラフィークの、気持ち、いっ……！」

「祐介……！」

「もっと、いっぱい欲しいっ、いっぱい、出してっ?」

祐介の中でまだ硬く息づいているラフィークの肉杭を、後ろを搾って締めつける。

苦しげに眉根を寄せながらも、ラフィークはつながったまま手早く衣服を脱ぎ捨てた。

そうして交差した脚を組み替え、祐介を仰向かせて両脚を抱え上げる。

甘い目でこちらを見つめて、ラフィークがまた、ゆっくりと腰を使い始める。

「ふ、ぁっ、ああ、あっ」

達したばかりの肉筒は敏感だ。楔で撫でられただけで、背筋をビンビンと喜悦が駆け抜ける。ぬぷりと引き抜かれ、またとぷりと奥まではめ戻されるたび、彼の白濁と祐介自身の愛蜜が幹に絡まり、結合部から洩れて尾てい骨のあたりまでぬらぬらと濡らす。

こぼれてしまうのがなんだか惜しくて、腰を上げて後孔を上向けると、中を穿つ熱棒の角度が変わって、感じる場所に切っ先が当たるようになった。

「ああ、はぁっ、そこ、いいっ」

「ここ、だな?」

「ふあぁっ! ぃい、いいっ、気持ち、いいよぉっ……!」

持ち上げられた両脚を彼の腰に絡め、はしたなく腰を弾ませてラフィークの動きに追いすがる。彼が腰の動きを速めると、また硬くなり始めた祐介自身が腹の上でビンビンと跳ね、先端からは先ほどの残滓《ざんし》とともに透明な蜜液がとろとろとこぼれてきた。

形のいい眉をきゅっと顰《ひそ》めて、ラフィークが言う。

「くっ、すごいな。弱みを抉るたび、そなたの熱い肉襞が俺にきつく絡みついてくる。そんなにも、いいか？」

「う、んっ、い、ぃ」

「ここも、好きだろう？」

「あううっ、あっ、そ、ちも、いいっ、ああ、あああっ」

　腰を密着させるようにのしかかりながら、ラフィークが最奥近くの狭くなっているところを張り出した切っ先でぐぽぐぽと攻めてくる。

　そこも本当に大好きなところで、突き上げられると悲鳴を上げそうなほどの快感が走る。深くまではめ込まれるせいか、引き抜かれる都度先ほど注がれた熱い白濁が掻《か》き出され、ぬちゃぬちゃと淫靡な水音を立てて鼓膜を愛撫してくる。

　もはや我を忘れたように、腰を揺すって悦びを追うと、体が背中まで浮き上がってずるずると敷物の上をずり上がった。

　それを腰をつかんで引き戻され、動けぬよう屈曲位にされて上から楔を打つようにガツガツと突き下ろされたら、気持ちがよすぎてわけがわからなくなってきた。

「ひ、ぅうっ、腹ん、中、溶け、ちゃうっ、あ、あっ、すご、いっ、はあ、あああっ」

　腰を上下に揺すって大きな動きで抜き差しされ、気が変になるほど感じさせられる。

凄絶《せいぜつ》なほどの悦びを与えてくれる、力強く雄々しいラフィークの肉体。

溶け合うほどの交合に体中が歓喜し、肌は熱く火照って、まなじりには涙が浮かんできた。熟れ切った内筒の奥で、再びの頂への波がせり上がり始める。

「あっ、あっ、また来るっ、白いの、こぼれちゃいそうっ」

「そのようだな。そなたの中が、きゅうきゅうとうねるように動き出してっ……、俺ももう、たまらぬっ」

「あうぅっ、出、ちゃうっ、も、達《い》っちゃっ、あぁっ、あああっ――」

腹の底で大波がどうっと爆《は》ぜて、体がビクンビクンと痙攣《けいれん》するみたいに震える。

先ほどよりもさらに激しい、二度目の絶頂。祐介の鈴口からは、ビュクビュクと押し出されたように白蜜が溢れ出してきて、腹や胸、首のほうまではね飛んでくる。

絡みつく祐介の肉襞に搾り上げられたのか、ラフィークが息を詰め、二度、三度とひときわ鋭く奥を突いて、ぶるりと体を震わせた。

「ふぅ、ううっ、ラフィ、ク、のも、出てるっ、熱いの、たくさん……！」

最奥にまたドクドクとほとばしりを吐き出され、その熱に酔う。

ラフィークが上体を重ね、口唇を重ねてきたから、首にしがみついて彼の舌に吸いついた。絡み合う舌の熱さもたまらなくいい。

やがてオーガズムの長いピークを過ぎると、充足感とともに体から力が抜けてきた。

四肢をくたんと敷物の上に投げ出し、甘い余韻をたゆたいながら、祐介は言った。

「ふう……、やっぱ、最高……。ラフィークとレスになるとか、あり得ないや！」

「……？　れす、とは？」

「はは、実際そうなったら教えてあげる。でも俺とラフィークには縁のない言葉だから、その日は来ないかも？」

そう言うと、ラフィークは不思議そうな顔をしながらも、納得したみたいに小さくうなずいた。

そして後ろからすっと雄を引き抜き、上体を起こして祐介の姿を眺める。

「そなたのものが、はねているな。拭《ぬぐ》ってやろう」

ラフィークが言って、目の前で人の姿から獣の姿に変身する。そうして祐介の体をまたぐように足をついて、首や胸、腹に飛び散った白蜜を舌で丁寧に舐め取り始めた。

「ぁんっ、……ふふ、くすぐったいっ」

黒豹の舌はざらりとしているが、舌先で触れられるぶんには滑らかで心地いい。

体を舐められながら、彼の力強い前足や頭、耳などを撫でていたら、発情期の一週間、獣の姿のラフィークにひたすら抱かれていたときの感じをふと思い出し、少しばかりドキドキしてきた。

あれ一度きりということはないだろうし、いずれまたあういう時期が来るのだろうか。

「……なあ、ラフィーク。俺ってまた発情するのかな？」

「アクバルが乳離れする頃には、おそらくな」

「そっか。じゃ、アクバルをお兄ちゃんにしてやれるのは、まだもう少し先だね」

単純にもっと子供が欲しいという気持ちもあるし、発情した体でする獣じみた——という
か、まさに獣との——セックス自体も悪くない。

人の世ならアブノーマルな欲望なのかもしれないが、獣のラフィークとの交わりには、
人の姿でするそれとはまた違う、性愛としての悦びがある。

へそに溜まった白いものをそっと舐め取ったラフィークに、祐介は言った。

「俺、ちょっと楽しみだな。発情して、またこの姿のあんたとするの」

祐介の言葉に、ラフィークが驚いたように頭を持ち上げ、まじまじとこちらを見つめる。

秘密を打ち明けるみたいな気分で、祐介は告げた。

「獣の姿のあんたに抱かれると、なんか知らないけど俺、無茶苦茶興奮するんだ。発情し
てるからなのかもしれないけど、俺はあんたのものなんだって、心にも体にも、刻みつけ
られるような感じがするっていうか」

言葉にしてみたら、やはりなんだかちょっとアブノーマルな悦びのような気もしてきた。

知らず頬が熱くなるのを感じていると、ラフィークが頭をこちらに寄せて、低く言った。

「……そうか。そなたがそう思ってくれるのは、嬉しいことだ。この俺にも、かすかに獣

の本能というものが残っているからな」

「ラフィーク……」

「だが別に発情していなくとも、この姿で抱き合うことはできるぞ。試してみるか？」

「……えっ？」

表情がほとんどわからない獣の顔なのに、ラフィークがとても艶麗な表情に見え、ひどく欲情しているのが感じられたから、こちらも一気に体が熱くなった。

前足の間から彼の下腹部に目を向けると、二度も果てたばかりだというのに、肉杭は雄々しく屹立して、欲望の形をとっている。

彼はまごうことなき獣の王、その精力も絶大なのだ。

猛々《たけだけ》しい雄の形を見てそう感じ、ゾクゾクしてしまう。

「試し、たい……」

祐介ははしたなく声を上ずらせながら言って、脚を開いて自分で膝を抱え上げた。

獣の彼には、いつも後背位で抱かれていたけれど。

「して、ラフィークっ……、このまま前から、挿れて……っ」

できるなら獣の顔を見ながらしたくて、少し無理な体勢かもしれないと思いつつも哀願する。

ラフィークが察したように後ろ脚を曲げて腰を屈《かが》め、雄をズブズブとはめ込んでくる。

「あ、あっ、はぁ、ああっ……！」

熟れた肉襞をまくり上げるように奥まで貫かれて、内筒がヒクヒクと震える。

人の姿のときとはいくらか形状の違う、長くて大きなラフィークの男根。

純粋な獣のそれとは違い、表は滑らかだが、剛直の鋭さは凶器のようだ。甘い戦慄に震えていると、ラフィークが小さくうなり声を上げ、熱棒で突き上げてきた。

「ひ、ぁっ、深、いっ、ああっ、あああ」

人の体の動きよりもわずかにピッチが速く、どこか即物的な、だがとても深いところを抉るみたいな抽挿。

前足に肩、腹の筋肉がしなるように動いて、祐介を肉杭で穿って擦り立ててくる。

巨体を支える前足の爪が敷物に食い込む様子も、牙《きば》の間からしゅうしゅうと洩れる荒い息遣いからも、獰猛《どうもう》な野性が垣間《かいま》見え、本能的なおののきを感じる。

だがこの巨大な黒豹は、祐介が初めて愛した男だ。ほかの誰でもない、この世界でただ一人の番なのだ。

目と体と心とでそれをしっかりと感じたら、腹の底からまたふつふつと快感が沸き上がってきた。その波を追いかけて脚を抱えたまま腰を揺すると、ラフィークがおう、と低く吼え、頭を大きくもたげた。

「ん、ああっ！　おっきいっ、中でまたっ、大きく、なってっ……！」

「そなたの中がしがみついて、俺を放してくれないからなっ」

「ひううっ、腹ン中いっぱいに、ラフィ、クが、いるっ！　こ、なっ、どうか、なっちゃうよぉおっ」

太い男根で最奥を押し広げられ、肉襞をさんざんなぶられて、強烈すぎる快感で意識すらも揺さぶられる。ラフィークも終わりが近いのか、毛皮に覆われた下腹部を激しく祐介に打ちつけてくる。

その喉から洩れる押し殺した獣の咆哮に、たまらなく劣情を掻き立てられて――――。

「あ、ぐっ、ぅうっ、ぃ、く、達く、ぅっ……」

三度目の頂は、視界が明滅するほどの鮮烈さだった。半ば意識を飛ばしながら何度も身を震わせる祐介を、ラフィークが息を乱して突き上げる。

やがてオオウ、と一つ大きく吼えて、ラフィークが達き果てる。

「ラフィ、ク、来てっ……！」

両腕を開いて呼びかけると、ラフィークが祐介の上に体を重ね、祐介の肩のあたりに頭を乗せてきた。合わさった胸から、力強い心拍が伝わってくる。

（俺の、ラフィーク……、俺、だけの……！）

彼の体に腕を回し、毛並みに指を沈めるようにしてぎゅっと抱き締めたら、改めてそれを実感して、声を立てて泣いてしまう。

ラフィークが驚いたように頭を持ち上げ、顔をのぞき込んで言う。

「……すまぬ。もしや、手荒くしすぎたか……？」

「平気。ただすごく、嬉しくてっ」

震える声で、祐介は言った。

「ラフィークが、俺だけの番なんだって思ったら、たまらなく、幸せだなってっ」

涙で顔をべしょべしょにしながらそう言うと、ラフィークが目を丸くした。

それからうっとりとこちらを見つめて、ラフィークが言う。

「……そうか。そんなふうに思ってくれるとは、俺はとことん幸せ者だな」

祐介の涙を舌で舐め取って、ラフィークが続ける。

「そなたが番になってくれて、アクバルを産んでくれただけで、俺は自分をこの上なく幸福な男だと感じている。この世の誰よりも、幸福だと」

「ラフィークっ……」

「俺にはそなただけだ。そして俺も、そなただけのものだぞ、祐介。永遠にな」

そう言ってラフィークが、祐介の額に鼻先を押しつけるみたいにして口づけ、よどみのない声で告げた。

「カルナーンの王として、改めて空と大地に誓おう。この命尽きるまで、そなたを守り愛すると。そなたとともに、生きてゆくと」

「ラフィーク……、ラフィーク……！」

誓いの言葉が嬉しくて、彼の首に顔を埋めた。

愛しい獣の王と、身も心も結ばれているのだと思うと、歓びで心が震える。

獣人の国、カルナーン。ここが自分の生きる場所だ。空と大地の間で、これからもずっと、彼とともに――――。

祐介も、そう心に誓っていた。

あとがき

　こんにちは、真宮藍璃です！　このたびは『異世界で獣の王とお試し婚』をお読みいただきましてありがとうございます。

　今まで獣人ものをほとんど書いたことがなかったのですが、動物がいっぱい出てくるお話をいつか書いてみたいなと思っておりましたので、機会を頂戴してとても楽しく書かせていただきました。

　今回の受けは元気いっぱいな犬属性、適応力もそこそこあるけど、恋愛にはちょっとばかり奥手なところもある子です。そして攻めは異世界の王様、でも尊大だったり傲慢だったりはしない、なんならとても働き者の、いたって真面目な獣人です。

　とはいえ二人とも本能に忠実と言いますか、四の五の言わずにまずはＨしてみよう！　というタイプなので、最初などワンナイに近い感じでカジュアルにあっけらかんといたしてしまいますが、心は案外純朴です。個人的にそういう子たちがけっこう好きなので、ある意味二人にはのびのびと楽しんでもらいました。

　あと黒豹がとても好きなので、飼育している動物園があったらいつか見に行きたいなと思っております。ちなみに黒猫もすごく好きです。

本作をお読みいただいて、少しでも楽しんでもらえましたら幸いです。

さて、この場を借りましてお礼を。

挿絵を引き受けてくださった小山田あみ先生。お忙しい中お引き受けいただきありがとうございます！『邪竜の番』でも大変お世話になりました。もう本当に先生の挿絵の大ファンなので、また描いていただけて感涙でございます。本当にありがとうございました。

担当のF様。このご時世ですし、お話にどこかほっとできるところを、ということで、動物いっぱいのお話になりましたが、やはりモフモフはいいものだなと思いました。今後とも頑張っていきますので、どうぞよろしくお願いいたします！

そして読者の皆様。今一度御礼申し上げます。またどこかでお会いできますように！

二〇二二（令和四）年　八月　　真宮藍璃

本作品は書き下ろしです。

ラルーナ文庫

この本を読んでのご意見・ご感想・ファンレターなどお待ちしております。〒111−0036 東京都台東区松が谷1−4−6−303 株式会社シーラボ「ラルーナ文庫編集部」気付でお送りください。

異世界《いせかい》で獣《けもの》の王《おう》とお試《ため》し婚《こん》

2022年11月7日　第1刷発行

著　　者｜真宮《まみや》 藍璃《あいり》
装丁・DTP｜萩原 七唱
発　行　人｜曺 仁警
発　行　所｜株式会社 シーラボ
〒111-0036　東京都台東区松が谷1-4-6-303
電話　03-5830-3474／FAX　03-5830-3574
http://lalunabunko.com
発　売　元｜株式会社 三交社（共同出版社・流通責任出版社）
〒110-0016　東京都台東区台東4-20-9　大仙柴田ビル2階
電話　03-5826-4424／FAX　03-5826-4425
印刷・製本｜中央精版印刷株式会社

　ISBN978-4-8155-3275-8